ハヤカワ文庫JA
〈JA1296〉

阪堺《はんかい》電車177号の追憶

山本巧次

早川書房
8057

目次

南海電車軌道線案内図

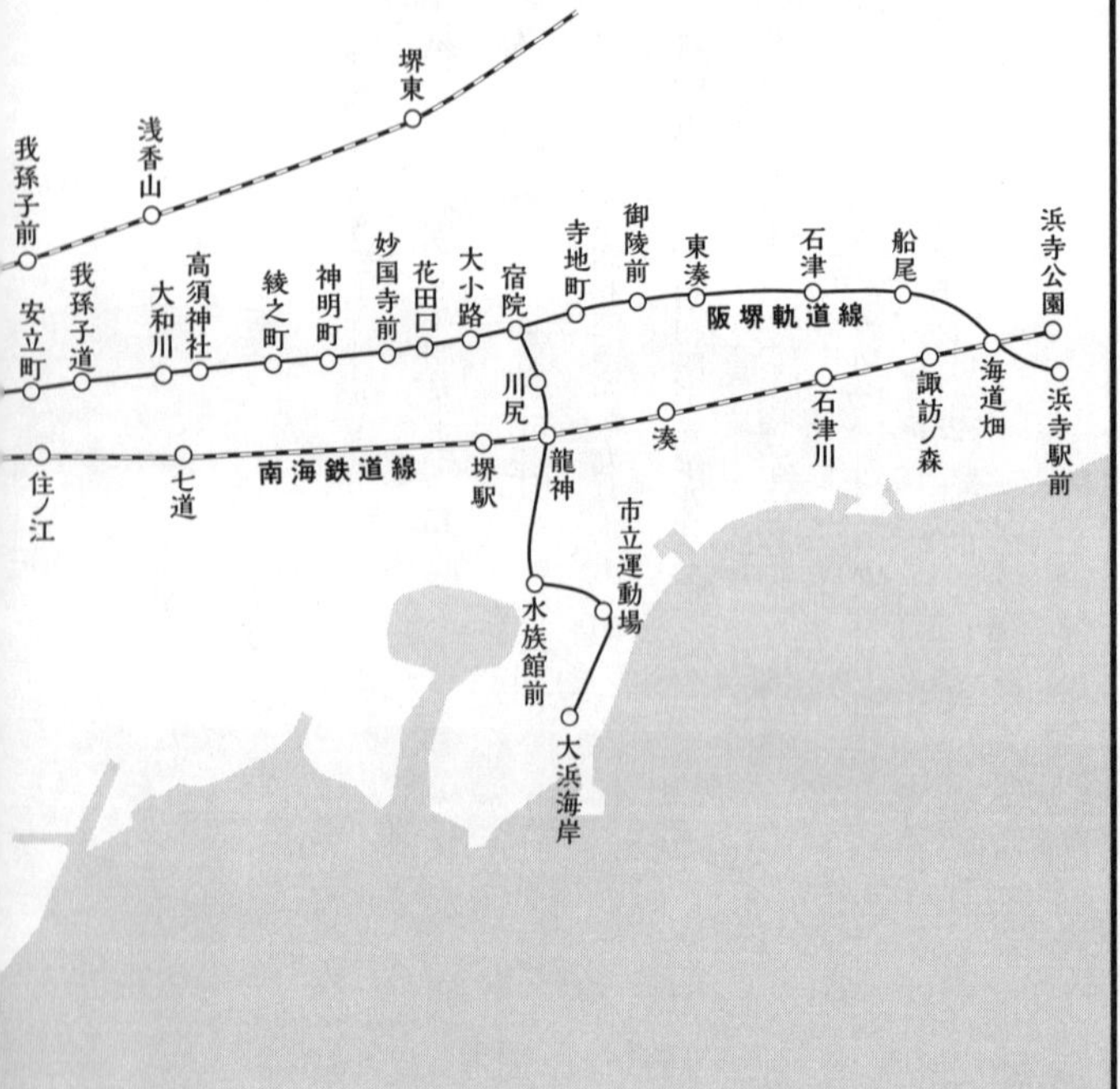

昭和15年頃の南海電車軌道線案内図

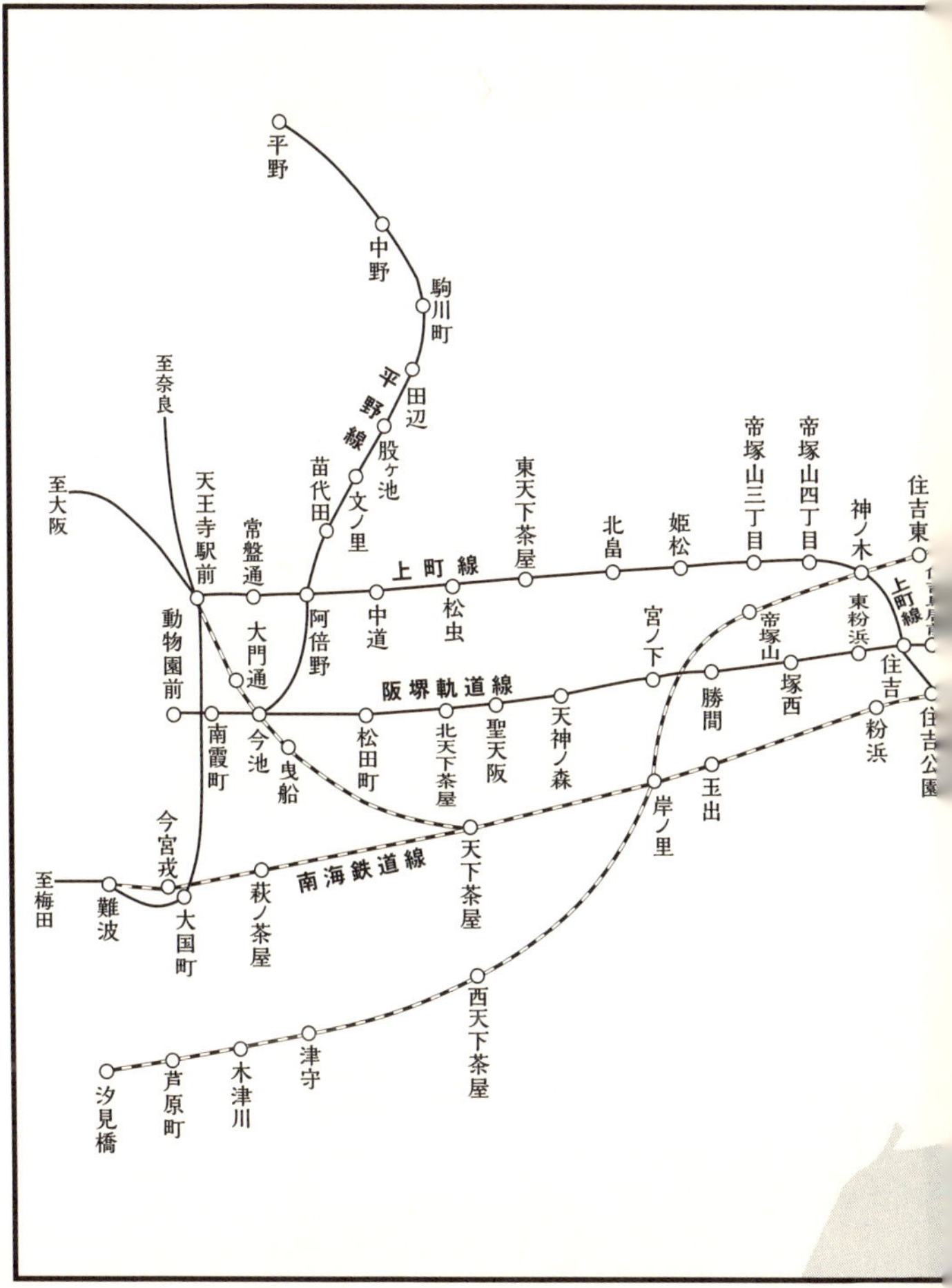

平野
中野
駒川町
田辺
平野線
股ヶ池
文ノ里
苗代田
至奈良
至大阪
天王寺駅前
常盤通
上町線
阿倍野
中道
松虫
東天下茶屋
北畠
姫松
帝塚山三丁目
帝塚山四丁目
神ノ木
住吉東
上町線
動物園前
大門通
阪堺軌道線
南霞町
今池
曳船
松田町
北天下茶屋
聖天坂
天神ノ森
宮ノ下
帝塚山
勝間
塚西
東粉浜
住吉
粉浜
住吉公園
至梅田
難波
今宮戎
大国町
萩ノ茶屋
南海鉄道線
天下茶屋
岸ノ里
玉出
西天下茶屋
津守
木津川
芦原町
汐見橋

阪堺《はんかい》電車177号の追憶

プロローグ　――平成二十九年三月――

大和川《やまとがわ》のほうから堤防を越えて、車庫の中まで風がふわりと吹いてきた。風は、車庫内に停まっていた数輌の電車の車体をすうっと撫でると、そのまま我孫子道《あびこみち》駅のほうまで行って売店の幟《のぼり》をちょっと揺らし、広がって消えた。

車庫の一番奥で、一七七号電車は軽く体を震わせた。この頃は、ほんの少しの温度変化にも敏感になっている。無理もないわ。もう八十五歳やもんな。ペンキの厚塗りでごまかしとるけど、車体のあちこちにはとうにガタが来とる。バネもボルトも軋《きし》んどるし、壊れたらもう換えがない部品もいっぱいや。なんとか元気なんは、モーターだけやな。

ああ、せやけど今の風は昨日までほど冷とうなかった。しばらく本線には出とらんが、こんな車庫の奥にじっとしとっても、春の気配ぐらいは感じられるんやな。

一七七号は、もう一カ月も車庫から出ていない。定期運用からはとっくに退《しりぞ》いて、今ではたまにイベントに使われるぐらいだ。自分と同じモ一六一形電車はあと四輌残っているが、最後にできた一七七号が、実は一番くたびれていた。

一番新しい言うても、一番古い一六一号より四年若いだけや。この年になったら、そんな違いなんぞないのと一緒やわな。一七七号は、自嘲気味の苦笑を漏らした。一六一号と一六二号は、今日は普段通りに運用に入って上町《うえまち》線で働いている。一番古い連中が、どうも一番元気なのだ。あとの一六四号と一六六号は、二本隣の留置線で昼寝をしていた。

おやおや、何か音がするで。ああ、そうか。試運転に出とったひよっ子が戻ってきたんやな。一七七号は本線から車庫内に進入してきたピカピカの車輌を見て、目を細めた。萌黄色の軽合金の車体に、これでもかと言うほど広く作られた窓。床はレールに触れそうなぐらい低く作られている。最新鋭の超低床連接車、一〇〇四号だ。

八十年も経ったら電車の見てくれもこれだけ変わるんや、ちゅう見本やな。一七七号は自分のものの倍以上はある一〇〇四号のフロントガラスに視線を向けた。一〇〇四号は視線に気づき、控えめに車体を下げた。

ははっ、そんなに硬うならんでもええがな。これから主役張って働くんはあんたらやで。

あれ、今日は社長はんも乗せとったんか。そらご苦労はんやな。

一七七号は一〇〇四号から降りてきた二十人余りの人々の中から、三人固まっている制服姿に気がついた。この路面電車を運行する阪堺《はんかい》電気軌道の、白浜《しらはま》社長と運輸担当の上羽《うえば》常務、技術担当の吉野《よしの》常務だ。三人は顔を寄せ合って何か話していたが、上羽常務がふと顔を上げ、こちらを指差した。それを合図に、三人は他の人々から離れて一七七号のほうへと歩いてきた。おや珍しい。社長はん自ら、わしに用事かいな。一七七号は訝《いぶか》しげに彼らを見た。


「ええと、あと半年で八十五年やったか」

一七七号の傍らに立った白浜が、呟くように言った。

「そうです。この九月でちょうど八十五歳ですわ」

吉野がもごもごと答え、白浜が頷く。

「よう働いてくれたわなあ、ほんまに」

白浜はその手で一七七号が辿った歴史を感じ取ろうとするかのように、そっと車体に触れた。しばらく動いていなかったので車体にはうっすら埃が付いていたが、気にする風はなかった。

「あと何回か、動かすんか」

「二、三回は動かそうと思てます」

そう言いながら、上羽も車体に手を伸ばした。

「その前に、洗車機通しますわ。せっかくの花道、男っぷり上げてやらんと」

「せやな。どうせやったら、丸一日、運用に入れるか。問題ないやろ」

白浜の言葉に、上羽も賛成の笑みを浮かべた。

「大丈夫です。段取りしときますわ」

「ほな、そうしよか」と言ってから、白浜は吉野に聞いた。

「車両工業のほうは、いけるんか」

「ああ、言うてあります。そっちも大丈夫や、いうことで」

「そうか。それもまた、花道言うんかも知れんなあ」

吉野と上羽が、そうですなあ、と頷いた。白浜は改めて一七七号の正面を見上げると、右手で車体をポンポン、と叩いた。それから、「ほな、行こか」と二人を促し、連れ立って車庫を出て行った。


その三人の後ろ姿を見ながら、一七七号は悟っていた。

——お迎えが、来るんや。

そういうことや。一〇〇四号と入れ替わりに、わしは廃車になるんや。南海車両工業で解体されて、スクラップになるわけや。

残念な気持ちは、起こらなかった。何せ八十五年や。こんな長い間現役で過ごした電車なんか、他にない。わしらモ一六一形の一党だけや。そう思うたら、ずいぶんと誇らしい。

そうや、わしらほどいろんな時代を見てきた電車は、他にないんや。

一七七号は周りの風景も音も意識から締め出し、しばし思いを馳《は》せた。今まで乗せてきたお客さんは、どれだけいるやろ。何万人？　いやいや、とんでもない。何百万人や。ことによると、千万人かも知れへん。住吉《すみよし》さんの初詣なんか、毎年、一日で何千人も運んだで。ああ、ほんまに有難いこっちゃ。いろんな人が乗って、いろんなことが起きたわなあ。

一七七号の意識は車庫を出て、空に舞い上がった。本線の線路が下に見える。車庫の屋根も。大和川も。遠くに、あべのハルカスも。意識は遥か高みに上り、そのまま過去へと滑っていく。

第一章　二階の手拭い

——昭和八年四月——

今はもう想像もつかんかも知れんが、わしにも無論、生まれたての頃はあった。人間と違《ちご》うて、生まれたときから姿形は、だいたいこのまんまやけどな。生まれたのは、ちょうどこの国がおかしな方向へ行き始めた時分やった。大陸のほうでは、もういろいろときな臭い話が出てきとったんや。そら、今は誰でも知ってる話やで。せやけど、大阪と堺の街の中を行ったり来たりしてるだけのわしらには、そんなこと、ちょっともわからへんかった。わしらだけやないで。乗ってきはるお客さんも、運転士も、車掌も、誰も気ぃついておらなんだ。十何年かして襲ってくるえらい災難の芽が、もうだいぶ育ちかけとる、なんちゅうことはな。

まあせやけど、自分らの周りでは確かに平和やった。日曜日には、できて間なしの難波《なんば》の髙島屋へ行く、言うて、よそ行きの服着せてもろてはしゃいでる子とか、ぎょうさんおったで。いろんな人が乗って、まだ新車やったから皆喜んでくれた。いろいろと、おもろいこともあったわなぁ。

そう言や、生まれた次の年にわしの車内であったこと、あれが戦争前では一番おもろかったかなぁ。そうや、思い出したで。事の起こりは、手拭《てぬぐ》い一枚からやったんや……。

その日、辻原和郎《つじはらかずお》は上機嫌だった。取り立てていいことが起きたわけではない。ただ、天気は上々、春の穏やかな陽光が降り注ぎ、見慣れた景色も何となく華やいでいる。そして車掌として乗務しているこの一七七号電車は、目下のところこの阪堺電車、つまり南海鉄道阪堺線で一番新しい車輛だ。それだけの、いずれも小さなことであったが、会社に入って六年目、車掌になって四年目の辻原は、そんな小さないいことを数え上げて日々を楽しむ術《すべ》を心得ていた。給料は思うように上がらないし、この先出世するわけでもないが、ちょっとでも前向きに生きないとせっかくの人生、損するだろう。

「お前ら、今日は一七七号に乗るんか」

今朝、点呼を終えて乗務に出る前、辻原と相方の運転士の中橋《なかはし》は、ベテラン運転士の井《い》ノ口《のぐち》にそう声をかけられた。

「はぁ、そうですけど」

乗務する電車のことで声がけされた記憶はないので、辻原は怪訝《けげん》な顔をした。

「そうか。あれは、ええ車やで」

「そら、何しろ最新型の新車ですさかいなあ」

中橋が当たり前のような顔で応じると、井ノ口は苦笑を返してきた。

「いや、最新ちゅうだけやのうてな。中橋、お前一七七号は何回目や」

「えーと、確か三回目ですわ」

「そうか。どや、他の車に比べて、何やこう、しっくりせえへんか。コントローラーの反応とかな」

「へ？　しっくり、でっか」

中橋と辻原は、揃って首を傾《かし》げた。

「まあ、そう言うたら、同じ一六一形の他のやつよりも、なんとのう体に馴染《なじ》むような気いしますなあ。嫌らしいクセもなさそうやし」

電車が体に馴染む、とは妙な感覚だと辻原は思ったが、それは電車の動きを直接感じ取る運転士ならではのものかも知れない。

「そうか。そうやろ、わしにはようわかるねん」

井ノ口は目を細めた。井ノ口は二十年ほど前、恵美須町《えびすちょう》から浜寺《はまでら》までの本線が開通したときからの運転士で、もう四十を過ぎている。この阪堺線の電車はすべて運転して、それぞれのクセも完全に把握しているはずだ。電車は大量生産品ではなく、ほぼ手造りなので、蒸気機関車ほどではないが、一輌一輌が微妙に異なり、わかる者には違いがわかる。井ノ口がそう言うからには、一七七号は運転士にとって相性のいい電車なのだろう。

「何せ一七七号はわしが世に出したった車やさかいな。新造されて初めて本線試運転したとき、ハンドル持っとったんはわしやねん」

「あ、そう言えばそうでしたな」

中橋が、思い出したらしく手を叩いた。

「ついでに言うたら、初めてお客さん乗せて営業運転したときも、わしの運転やったんや」

「あれ、そうでしたんか」

これは初耳だったらしく、中橋はちょっと驚いた顔をした。

「そら、相当縁があるんですなあ。井ノ口はん、伜《せがれ》が一人増えたようなもんですな」

井ノ口は家へ帰れば中学生の息子二人と、もうすぐ尋常小学校へ上がる娘の合わせて三人の親である。新車に初めて仕事をさせたときは、生まれた子をその手に取り上げたような気分だったのかも知れない。

「それで、もう一つ話があるんや。その最初の営業運転のとき、生まれたての赤ん坊抱いた若いご夫婦が乗ってきはってな。話してるの聞いとったら、その赤ん坊、初めて電車に乗ったらしいんや。それで降りるとき、この電車も生まれたてで、お客さん乗せて走るのはこれが初めてですんや、て言うてあげたら、そら、何かの縁や、どうも縁起がええ話やなあ、て、えらい喜んではったわ」

「へえー、そうでっか。そら、確かに縁起がよさそうでんなあ」

そう相槌《あいづち》を打つと、井ノ口はますます上機嫌になった。

「その子が親からこの話聞いて、これから先、大きゅうなって、一七七号に乗るたんびに、こいつは自分と一緒に世の中に出てきた兄弟なんや、て思うてくれたら、一七七号も嬉しいんちゃうか、なんて思うたりするんやわ」

「ありゃ、井ノ口はん、顔に似合わずロマンチストですんやなあ」

中橋が茶化すと、井ノ口は眉を吊り上げて見せた。

「アホか！　えぇお前ら、もう時間やないか。さっさと行け」

「さっさと行けて、足止《はし》めしたんは井ノ口はんですがな」

「四の五の言わんと、早よ仕事せんかい」

井ノ口が手を振って追い払う仕草をし、中橋と辻原は笑って肩を竦《すく》めると、へいへい、行ってきまっさ、と言い残して早足でホームへ向かった。

「勝間《こつま》ァー、勝間です」

一七七号電車が停止し、辻原は停留所の名を呼ばわりながら、左手でドアスイッチのレバーを操作して中扉を開け、右手で自分の横にある後扉の掛け金を外した。後扉を引き開けると、中年女性が一人乗り込んだ。中扉からも商人風の中年男性が一人。他に乗降がないのを確認し、中扉のドアスイッチを「閉」にして後扉を手で閉める。前扉は、運転士の中橋が扱う。

扉を閉じ、掛け金をさっと掛けてチンチン、とベルを鳴らし、中橋に扉扱い完了を報せる。中橋が左手でコントローラーを動かすと、電車はがくんと揺れて前進を始める。

「次はァー、塚西《つかにし》ィー」

次の停留所名を車内に告げ、首から提げた鞄を開けてさっき乗った二人に切符を売る。停留所ごとに繰り返す、決まりきった手順。もう何千回、同じことを繰り返しているだろう。単調だが、辻原はこれを嫌いではない。常に様々な人と接していられるからだ。確かに中には面倒な客もいるが、老若男女、一人一人違う顔を見ていると、その人がどんな気分でいるのか、どんな生業《なりわい》で、どんな人生を送っているのか、何となくわかってくるような気がして、実に面白かった。

もちろん、車掌がみんな辻原のような思いを持っているわけではない。ただ機械的に仕事をこなしているだけの者もいる。しかし、人嫌いでやっていける商売ではない。辻原はこの仕事がまさしく、自分にぴったりのものだと思っていた。

一七七号電車は左右に軽く体を振りながら、速度を上げて進む。中橋は辻原より四つ上の兄貴分で、どちらかと言えば飛ばしたがるほうだ。今も少しばかり飛ばし気味だが、四十馬力のモーターを四個積むどっしりした大型鋼製車の一七七号は、大きく揺れはせずにすいすいと走って行く。

春の陽光が降り注ぐ電車通りは、昼下がりということで人も車もさほど多くない。両側には商家や長屋の瓦屋根がまっすぐ続いており、電信柱の隊列がずっと先まで、並木のように見えている。通りの左側で、馬に牽《ひ》かれた荷車に邪魔されて、円タクがもたついていた。それをすうっと追い抜く。中橋は、コントローラーを握りながらニヤリとしただろう。いつも円タクには、電車のほうがこれ見よがしに追い抜かれるのだ。井ノ口に言われるまでもなく、中橋もこの新しい大型車を、だいぶ気に入っているに違いない。

辻原にとっても、一七七号だけに限らず、この一六一形の電車はいいものだった。何より、初めてドアエンジンを装備した、というのが有難い。三つある扉のうち、中扉の開閉はスイッチで遠隔操作できるのだ。いちいち中扉を開けに行かなくてよいのは非常に助かった。前後の扉はまだ手動だが、次の新型では全部自動開閉になるに違いない。どんな世界でも、文明は日々進歩しているというわけだ。

塚西を発車してすぐのことだった。何気なく左側の家並みに目をやった辻原は、ある商家の二階の欄干《らんかん》に、白い手拭いが一枚、干してあるのを見つけた。

それ自体はどうということはない。どんな家でも見られる、何の変哲もない光景だ。だが辻原は、その手拭いが気になった。二階の窓には他に洗濯物は見えない。手拭いだけが干されている。飾りけのない窓辺で、その白さだけが目立っていた。それが辻原には、ひどく場違いに感じられた。

通り過ぎざまに看板を見れば、その商家は質屋だった。老舗なのだろう、立派な材を使った重厚な造りで、通りに面した構えは、一階二階を合わせて落ち着いた空気を醸《かも》している。白手拭い一つだけがその空気に水を差し、調和を乱していた。

ほんの数秒でそれだけ見て取ると、辻原はふっと笑って車内に目を戻した。手拭い一枚に、俺は何をこだわっているのだろう。自分の美的感覚、あるいは観察力を自画自賛したいのだろうか。おそらくはたまたま、手拭いが濡れたので手近の欄干に干しただけのこと。家人でもない誰かが気に掛ける話ではない。まして電車の車掌には、やるべき仕事がいくらもある。辻原は塚西で乗ってきた職人風の男に切符を売るため、手拭いを頭から追い出して車内に進み出た。

翌日。昨日と同じく通天閣近くの恵美須町から堺の南の海岸、浜寺行きの電車に乗務していた辻原は、塚西を出るとき、おや、と思った。例の質屋の二階に、昨日と同じように白手拭いが干してあった。やはり他の洗濯物はない。もしや昨日から干したままなのか。取り込み忘れかも知れないな、などとちらりと思ったが、昨日ほどには気に留める暇もなく、すぐに忘れてしまった。

だがその手拭いは、結局辻原の興味を一身に集めることとなった。それから二日経っても三日経っても、手拭いは欄干に干されたままだったのだ。これはさすがに、取り込み忘れということはあるまい。干していたのではなく、そこに掛けておくのが手拭いの定位置だったということか。しかし厠《かわや》でもないのに、どうしてそんなところに手拭いが必要なのだ。困った性分《しょうぶん》だと自分で思いつつ、どうにも気になった。

そんな具合で、塚西を通るたびに質屋の手拭いを見るのが辻原の日課になった。馬鹿馬鹿しいと思いつつも、ついつい目がいってしまう。夜には見かけないので、毎日出しては取り込んでいるのだろう。さて何のために。聞いてみたくなってきたが、質屋へ入ってあの手拭いは何ですかと聞いた日には、変人扱いされて追い出されるのが落ちだ。運転士の中橋にも、こんな話はできない。アホちゃうか、と言われて終《しま》いである。辻原は、一人で必要もない想像を巡らすよりなかった。

休みをはさんで、とうとう七日目になった。昼過ぎ、辻原はまた浜寺行きに乗って、塚西にさしかかった。例の白手拭いは、今朝見たときはこれまで通り、ちゃんと欄干に掛かっていた。今見上げても、やはり手拭いはそこにあるのだろう。近頃は、それがあるのを確かめて妙に安心している始末であった。

薄茶色の背広を着た、二十五、六のちょっと二枚目の乗客が席を立って、辻原の前、後扉のところに来た。塚西で降りるようだ。ときどき見かける男だが、塚西で降りるのはたぶん初めてだ。辻原が「塚西、塚西ィーです」と呼ばわって扉を開けると、男はそそくさと降り、すぐに通りの先を見上げた。

辻原もつられて同じほうを見た。というのも、男の見た方向が、あの質屋の二階だったからだ。そして「あれっ」と思った。白手拭いが、いつの間にか青い筋の入った柄物に変わっていた。

奇妙な驚きをもってその手拭いを見つめていると、降りたばかりの男が一瞬頷いたのが目の端に映った。辻原は今度は男のほうを見た。男はすぐに通りを渡り、質屋へ足を向けた。辻原は数秒、男の背中を追ったが、すぐに仕事を思い出すと慌てて扉を閉め、ベルを鳴らした。

電車が動き出し、男は電車に追いつかれる前に質屋の脇の路地に入った。辻原はもう一度、欄干の手拭いを見た。間違いなく、青の波模様が入った手拭いに変わっている。

そのとき、二階の窓から欄干越しに女が顔を出した。三十ちょっとぐらいの、なかなか色気のある婦人だ。質屋の奥さんだろうか。一瞬目が合ったような気がして、辻原は顔を引っ込めた。そして通り過ぎざまに路地を覗いた。ちょうど質屋の裏木戸らしいのを開けて、あの男が入り込むところだった。すぐに中橋が電車を加速させ、質屋の店先がさあっと辻原の視界を流れた。振り向いて見上げると、二階の女の姿は消えていた。

「それで、その手拭いがどないしたて?」

休憩時間、我孫子道駅の乗務員詰所で、辻原の話を聞いた中橋は、茶を啜《すす》りながら怪訝な顔で問い返した。

「せやから言うてますがな、手拭いは密会の合図やて。あの男、柄物の手拭いを見て領いてから、質屋の裏口を入ったんでっせ。で、二階にはちょうど年恰好も似合いの色っぽい奥さんや。これはもう、浮気相手に違いないやろ」

「それだけで浮気て決めつけるんかい。さてはお前の願望と違うんか」

横で聞いていた井ノ口が、茶々を入れた。辻原は中橋に向かって話していたのだが、井ノ口にもすっかり聞かれていたようだ。

「願望ちゅうことはありまへんて。俺、年増《としま》好み違うさかい」

辻原は急いで手を振って否定し、中橋が「ほんまかいな」と笑った。

「けど井ノ口はん、七日も出しとった白手拭いが柄物に変わったら、いきなり男の登場や。何べんかうちの電車で見た奴ですわ。質屋の大将でないのは間違いおまへん。それがこそっと裏口や。こら普通、疑いますがな」

「しかしお前、手拭いが合図て、ほんまやったら面白いけど、出来過ぎちゃうか。芝居とか映画やったら、あるかも知れんけどな」

「そや、時代劇であるやんか。宿屋の欄干に笠を掛けて仲間への合図にするとか。お前、頭ん中で映画の話とごっちゃになっとるんと違うか」

井ノ口の相方の車掌、富永《とみなが》も口を挟んできた。誰もが辻原の話を、白日夢の如くに見做《みな》しているようだ。

「ところで井ノ口はん、あの質屋、知ってはりまっか」

旗色が悪いと見た辻原は、話の方向を変えた。

「ああ、塚西の松田屋《まつだや》やろ。明治の初めからある店らしいで。うちの沿線では一番大きい質屋ちゃうかな」

開通時から運転士をしている井ノ口は、沿線の生き字引《いじびき》でもある。そう言えば住まいも、塚西から近い玉出《たまで》のあたりだった。引退したら我孫子道の車庫の近くに家買うんや、などと言っているが、今は借家暮らしである。辻原のほうは、下宿屋住まいだ。

「そないに老舗で大きい質屋やったら、懐《ふところ》具合も結構なもんでっしゃろなあ」

自分の給料を考えたか、中橋が恨めしげに言った。

「せやな。なかなか流行っとるようやさかい、金はあるやろなあ」

「ある所にはあるのに、こっちへはちょっとも落ちてこんなあ」

　富永が溜息をつき、皆が笑った。

「おう、そう言えばこの前、帝塚山《てづかやま》の金持ちのお屋敷で年寄りの後家さんが亡くなってな。財産だいぶあったようやけど、親戚の一人が、相続したばっかりの大層な宝石類を松田屋に質入れした、いうて聞いたで」

「へえ、そんなこと、よう知ってはりますなあ」

　中橋が目を丸くした。井ノ口が肩を竦めた。

「まあ、近所のことやったからな。噂ぐらいは聞こえるで」

「せやけどそんな資産家の親戚が、相続したらいきなり質入れて、どんなもんでっしゃろなあ」

　富永が首を傾げた。確かに、現金が必要なので売却するというならわかるが、即質入れ、というのは違和感がある。宝石を現金化するのに質屋では率が悪い。よほど急いでいたのだろうか。

「そうやなあ」井ノ口も腕組みした。

「例えば急ぎの仕入れの資金みたいに、金は出さんならんけどすぐ回収できる当てがあるやつ、とかな。普通やったら借り入れで済ますやろけど、この場合は物があるだけに質屋のほうが手っ取り早かったん違うか」

　ああ、なるほど、そんなことかも知れまへんな、と皆が一応納得したところで、辻原はまた話を例の男に戻した。

「そんな景気のええ質屋の嫁はんをたらし込んだら、相当ええ小遣いもらえそうですなあ」

「なんや、またそっちの話かい。お前、やっぱり羨ましいんやろ」

「いやいや、とんでもない。せやけど小遣いは欲しいなあ」

「ふん、色気より銭《ぜに》かいな。愛想ないのう。そいで、その男は二枚目やったんか」

「ははあ、井ノ口さんも結構興味津々やないですか。そら、二枚目でしたで。洒落《しゃれ》た背広に髪はポマードで光らして、咥《くわ》えタバコでもしたらサマになりそうでしたわ」

「咥えタバコはなしか」

「車内禁煙ですさかいに」

「何じゃそら。そいつはしかし、若いツバメ、ちゅうやつやな」

「ツバメ、でっか」中橋がきょとんとした顔になった。

「何やお前、ツバメの意味、知らんのかい」

「東京行きの超特急」

「お前は鉄道省の回し者か。年上の女に可愛がられとる色男の若衆、ちゅうことやがな」

富永が呆れた顔で言い、中橋は頭を搔いた。

「結局、女に金貢がせてる遊び人やろ、そいつは。昔から金のある女の周りに、ようけおるやないか。穀潰しみたいなもんやがな」

井ノ口が馬鹿にしたように言った。

「ええ女子《おなご》と遊べて金がもらえるんやったら、こんな結構な話ないですがな。商売替えしようかな」

「どアホ。言うたやろ、色男の若衆、ちゅう絶対の条件があるんや。お前のどこがそれに当てはまるねん」

誰が見ても二枚目とは言いかねる中橋は、「殺生な」とぼやいてまた頭を掻いた。全員が笑い、話はそこでお開きになった。


松田屋の手拭いは、相変わらず干され続けていた。二度ばかり、白に代わって青い波の柄物が出ていた。それを見つけた辻原は思わずニヤリとし、辺りを見回して例の「ツバメ」を探したが、前回のようにタイミングよく彼を見つけることはできなかった。そればかりか、電車の乗客としても一度も顔を見なかった。

中橋からは、ほれ見てみい、お前の思い過ごしや、と言われた。中橋の言う通り、一度の符合だけでは決めつけはできない。それでも辻原は、あれはやはり密会の合図だと信じて疑わなかった。おそらく旦那が留守のときに、手拭いを柄物に替えているのだろう。そして旦那はそのことに全く気づいていないに違いない。

辻原は松田屋の旦那がどんな人物か、顔も含めて全然知らなかった。だからこそ、勝手な妄想ができるのだとも言えよう。毎日松田屋を見ている辻原は、柄物の手拭いを目にすると、何だか当たりくじを引いたような気になった。

異変が起きたのは、半月余りも経ってからだった。その日の朝、辻原は我孫子道行きの電車に乗って、塚西停留所へと近づいていた。前夜に最終電車まで受け持った後、仮眠して始発から乗務し、この電車が我孫子道に着けば勤務明けとなる。さっき恵美須町で折り返す前は超満員だったので、いささか疲れ気味に欠伸《あくび》をして、いつものように松田屋の二階に目を向けた。

辻原の目が丸くなった。塚西に着いたのでとりあえず扉を開けたが、目は松田屋に釘づけになったままだ。そこに掛かっている手拭いは、白でも柄物でもなく、真っ赤だった。

「ありゃいったい、何の合図や」

無意識に声に出していたらしい。乗り込んできた着物姿の婦人が、妙な顔で辻原を見た。発車してから松田屋の前を通り過ぎるまでの間、辻原は赤手拭いを食い入るように見つめた。辻原の視線に気づいた乗客の学生が、何があるのかと外を覗き、何も変わったものは発見できずに首を振りながら辻原を睨んだ。

我孫子道に着くまで、辻原は赤手拭いが気になって仕方がなかった。とは言え、これを中橋や井ノ口に話しても、それがどうしたんや、程度にしか受け取ってもらえず、小馬鹿にされるのは目に見えている。ではどうするか、はもう決めていた。

我孫子道に着いて、中橋と共に助役に乗務終了報告をした後、辻原は大急ぎで制服から私服のシャツとズボンに着替えると、「お先に！」と叫んで詰所を飛び出した。中橋が後ろから、「何を今日は急いどるんや。誰か危篤か。財布でも拾《ひろ》たか」などと大声で言うのにさっと手を振り、発車間際の恵美須町行きに駆け込んだ。


塚西の一つ手前、東粉浜《ひがしこはま》で電車を降りた。辻原の下宿が五つ先の聖天坂《しょうてんさか》にあることを知っている車掌は、こんなとこで珍しいなと辻原に声をかけた。ちょっと野暮用やと曖昧に返事し、辻原は電車を見送ってから塚西のほうへ歩き出した。目当ては無論、松田屋だ。

五分も歩くと、松田屋が見えてきた。赤い手拭いは、やはり掛けられたままだ。二十メートルほど手前に来たところで、はたと足を止めた。さて、どうしたものか。赤い手拭いが何を意味するのか見極めるため、松田屋を見張ろうと思ったのだが、真ん前に突っ立ってじっと見ていたのでは、いくらなんでも不審がられるだろう。冷静に考えれば、こんなことで他人の店を見張ろうなんて、どうかしている。

さすがに意気が萎《な》え始めたところで、筋向かいの酒屋が店を開けようとしているのに気づいた。うん、これはいいかも知れない。

暖簾《のれん》が出たので、辻原は通りを横切ってつかつかと酒屋に入って行った。

「いらっしゃいまし。おはようございます」

四十五、六と見える店主が、愛想よく挨拶した。どうも、と言って店内を見回すと、思った通り立ち飲み用の台が設《しつら》えてある。辻原は店主に聞いた。

「ちょっと飲んでいこかと思たんやけど」

「へえ、よろしおます。そこに並んでるやつやったら、どれでもいけまっせ」

店主は手前の棚に並んだ一升瓶を指した。辻原は適当に一つを選び、店主は一升瓶を持ち上げて一合升に注いだ。

「ぐい呑みとか湯呑みとかと違《ちご》て、升かいな。こらええわ」

「おおきに。お客さん、夜勤明けでっか」

そういう客には慣れているらしく、店主が言った。確かに辻原も夜勤明けだ。

「そうやねん。今日はいつもより疲れたさかい、元気づけ、と思て」

そんな会話をしながら、辻原は暖簾越しに松田屋の様子を窺っている。今のところ、特に異変はないようだ。

「まあちょっと、表でも見ながらちびちびやらしてもらうわ」

店主にずっと話しかけられても困るので、辻原は予防線を張った。店主は頷いた。別に邪魔をする気はないらしい。

「ほな、塩昆布と豆でも出しまひょか」

「ああ、頼んます」

店主はアテを用意するため奥へ入った。ちょっと腰をかがめて表を見ると、松田屋の赤手拭いはそのままだ。さて、いつまでこうしていることになるのか。馬鹿げていると言われるのは承知の上だが、辻原は必ず何事かが起きる、という予感がしていた。

一時間も経ったろうか。少量の酒で粘り続ける辻原に、店主が渋い顔をし始めた頃だった。小洒落た灰色の背広に紺のネクタイを締め、小型の革鞄を提げてソフト帽を被った中年の紳士が下手から現れ、松田屋の暖簾をくぐった。どうも質屋にはあまり似合わない雰囲気の客だな、と思ってその背中を目で追ってから、ふと視線を巡らせると、松田屋の二軒隣の家の前、電信柱の陰に見覚えのある顔を見つけた。

思わず「あっ」と声を上げそうになった。先日松田屋の裏口へ入った、あの「若いツバメ」だ。服装は着物姿に変わっているが、間違いない。だが、今日は一人ではないようだ。すぐ傍らに、もう一人男がいた。鳥打帽《とりうちぼう》を目深《まぶか》に被っているので顔はよく見えないが、「ツバメ」よりは年嵩に思える。

（もしや、二人して何か企んでるんか）

どうも探偵小説みたいになってきたで、などと思いながら目を凝らす。急にそわそわし始めた辻原に、店主が怪訝な顔を向けてきた。飲み逃げでもすると思われたのかも知れないが、辻原は意に介さなかった。

間もなく、鳥打帽の男が動いた。動きざまに「ツバメ」に目配せしたのがわかった。これはいよいよ怪しい。鳥打帽は、さりげなく周囲に目を配りながら、松田屋に入った。辻原は店主に勘定を支払うと、通りに出た。一時間も待つうちに、ほろ酔い加減になっていたが、頭は鈍っていない。「ツバメ」のいるほうと反対側へ十メートルほど行って、塚西停留所のすぐ前にある建物の陰に入った。そこからなら、松田屋の表も「ツバメ」も見える。向こうはこちらに気づいた様子はない。

ほんの二、三分で鳥打帽の男が出てきた。何をして来たんだろうと思って見ていると、男はさっと「ツバメ」のいるほうを向いて、少しだけ手を動かし、すぐに身を翻《ひるがえ》した。よくわからないが、何か合図を送ったのかも知れない、と辻原は考えた。

続いて、例の背広の紳士が店を出た。そのまま左へ、下手へと歩き出す。ほぼ同時に、電信柱の陰から「ツバメ」が歩み出た。二人が辻原の視界の中で互いに接近する。「ツバメ」がその紳士を狙っている、と確信した辻原は、固唾を呑んだ。

俯《うつむ》き加減に歩いてきた「ツバメ」が紳士にぶつかった。紳士がぎょっとして睨む。「ツバメ」は詫びを言ったらしく、もごもご口を動かして頭を下げながら停留所へ向かった。紳士のほうは、ちょっと不快そうにしたが、すぐに元の表情に戻って先を急いだ。

恵美須町のほうから浜寺行きの電車がやってきた。一七七号だ。運転台に井ノ口の顔が見える。「ツバメ」はさりげなく鳥打帽の横に並び、ちょうど目の前に停まった一七七号電車に、素早い動きで乗り込んだ。辻原は大急ぎで隠れ場所から飛び出し、自転車で通りかかった男にぶつかりそうになって悪態をつかれながら、どうにか電車をつかまえた。

後扉から乗り込む。車掌の富永が気づいて、「おう」と声をかけようとした。辻原はそれを目で制し、車内を見渡した。車内は座席が埋まり、立ち客が数人という乗り具合だ。「ツバメ」と鳥打帽は、後扉と中扉の間で吊革に摑まっている。辻原は富永に向かって、声を出さずに口の動きで「スリだ」と伝え、「ツバメ」と鳥打帽を顎で示した。富永は無言で眉を上げた。

はっきり見たわけではない。が、阪堺線の車内にもスリは出没する。辻原は紳士にぶつかった「ツバメ」の動きで、十中八九スリだと思っていた。電車が動き出し、辻原は井ノ口にも知らせるため前へ進んだ。

電車が例の紳士を追い越した。追い越しざまに窓から見ると、紳士は立ち止まってしきりに背広のポケットを探っている。かなり焦っているようだ。ふと紳士が顔を上げ、電車を見た。それから急に反応し、電車に向かって何やら叫んだ。無論こちらにまでは聞こえないが、状況を推測するに、紳士は何か重要なものを背広のポケットからすられたことに気づき、電車を見上げたところ「ツバメ」の顔が見えたので、奴が犯人に違いないと思い、「その電車待てッ」と叫んだのだろう。

後ろの窓を通して見ると、紳士は電車を追って走り出していた。すられたのは財布だろうか。いや、あの懸命な様子は、もっと大事なものを奪われたように思える。辻原は運転台へ向かった。通り過ぎざまに「ツバメ」と鳥打帽に体が当たったが、二人とも辻原のことは全く気に留めていないようだ。紳士に気づかれたのはわかったかも知れないが、走って電車に追いつけるわけはないと高をくくっているのだろう。

運転台の脇に立ち、井ノ口に小声で話しかけた。運転中に話しかけるのはよくないが、今はやむを得ない。

「スリが乗ってる。電車に乗る前に一仕事しとりますわ」

井ノ口はまっすぐ前を向いたまま、電車の走行音の中でも辛うじて聞き取れる程度の声を出した。

「そうか」

「すられた大将が、電車を追わえてまっせ」

「わかった。任しとけ」

会話はそれで終わった。辻原は運転台から離れ、一番前の吊革を摑んだ。「ツバメ」と鳥打帽は、安心したのか、気楽な様子で吊革にぶら下がって揺られている。

電車は東粉浜の停留所に停まり、数人の乗降の後、すぐに発車した。今の停車時間程度では、例の紳士は追いつけまい。辻原はちらりと運転台を見た。井ノ口は任せろと言ったが、何か考えがあるのだろうか。

前方に住吉《すみよし》の停留所が見えてきた。井ノ口はこのまま駅員のいる我孫子道まで走って、そこで駅員と助役を呼ぶつもりなのか。しかし、それまでにあの二人が下車してしまったらどうするのだ。

そう考えていると、急に電車の速度が落ちた。おやっと思うと、一七七号電車はそのま、何もないところで停まってしまった。住吉停留所までには、まだ二十メートル近くある。

「何や。どないしたんや」

数秒経っても動かないので、「ツバメ」が真っ先に声を上げた。他の乗客も、どうしたんだという風に顔を見合わせている。辻原も首を傾げた。こんな何もない道の真ん中に停まって、井ノ口は何をしようというのだろう。

「ツバメ」に続いて鳥打帽も、「何で動かんのや」と声を荒らげた。辻原は周りを見回した。それで合点がいった。進行方向の右手、すぐ目の前にあるのは、住吉警察署だった。

「おーい運転手、何をしとるんや！」

鳥打帽が怒鳴った。

「すんまへんなあ、故障らしいですわ」

とぼけた顔で井ノ口が答え、コントローラーをガチャガチャと動かした。モーターの音はするが、動く気配はない。無論、故障ではない。辻原が覗くと、コントローラーのハンドルの横の、前後進を切り替える逆転ハンドルが、中立《ニュートラル》にされていた。これでは、モーターが回っても車輪に伝わらない。素人のスリどもには、そんな小細工のことなどわかるはずもない。

「おい、ここで降ろせ。扉を開けんかい」

鳥打帽が凄む。富永は、しれっとして答えた。

「すんまへんけど、危ないんで停留所でもない所で扉は開けられまへんわ」

それを聞くと、「ツバメ」が舌打ちして中扉に駆け寄った。扉に手をかけ、無理に開けようとする。だが、中扉はドアエンジン付きの自動扉だ。手では開けられない。

警察署の玄関では、停留所の直前で突然停まってしまった電車に気づいて、巡査が怪訝な顔でこちらを見ている。井ノ口は運転台脇の窓へ寄り、巡査を手招きした。巡査はそれに応じ、通りを渡って電車に近寄ってきた。

窓から巡査の姿が見えたらしい。「ツバメ」は後扉に飛びつき、「あッ、困りますがな」と言う富永を突き飛ばして掛け金を外すと、勢いよく扉を引き開けて路上に飛び降りた。鳥打帽もすぐに続く。

間髪容れずに辻原が窓から巡査に叫んだ。

「お巡りさんッ！　そいつらスリや」

巡査がはっと足を止め、電車から飛び出した二人を見た。それからすぐに走り出すと、笛を咥えてピリリッと吹いた。署の玄関に様子を見に出ていた二人の巡査が、笛を聞いて駆け出した。「ツバメ」と鳥打帽は、恵美須町の方向へ走り出した。

走り出しかけた二人の足が、一瞬止まった。スリの被害に遭ったさっきの紳士が、血相を変えて走ってくる。大した脚力だと辻原は感心した。それとも、火事場の馬鹿力の類《たぐ》いか。

二人のスリは方向を変え、路地に逃げようとした。が、そこで巡査に襟首を摑まれた。

「こらあッ！　おとなしくせんかッ」

襟首を引っ張られた鳥打帽は、路上に転がった。「ツバメ」は巡査を振り払ってなおも逃げようとしたが、さらに何人もの巡査が加勢に駆けつけ、たちまち取り押さえられてしまった。

「ああ、助かった……助かった……お巡りさん、ありがとうございます」

その場に駆け込んだ紳士が、肩を上下させて大きく息をつきながら、途切れ途切れに言った。その顔は喜色満面だ。巡査は何者かと目を丸くした。

「あんた、誰です。この二人と何かあったんかいな」

「ええ、ええ、こいつら、私のポケットから宝石入りの袋をすり取ったんですわ。それに違いおまへん」

「えっ、宝石？　あんたから？」

てっきり電車の中でスリを働いたのだと思っていた巡査は、驚いて二人組と紳士を交互に見つめた。鳥打帽は動じない風を装っていたが、「ツバメ」は若さゆえか、口惜しげな表情をはっきりと現してしまった。

「よし、後は署でゆっくり聞こか」

巡査たちは二人組を引っ張って立たせ、すぐ向かいの住吉署に連行していった。紳士も巡査に促されてその後に従った。

「おうい、もう電車動かしてよろしか。このまま停まっとくわけにもいかんさかい」

電車から降りた富永が、顔見知りらしい巡査に呼ばわった。ああ、ちょっと待ってとその巡査は言い、走って車内に乗り込むと、スリを捕まえたので、もし被害に遭った者がいるなら住吉署へ申し出るように、と乗客たちに告げた。乗客からすられたという反応がないのを確かめて、巡査は電車を降り、富永と辻原に向かって言った。

「あんたら、お手柄やな。詳しい話を聞かなあかんさかい、勤務終わってからできるだけ早《はよ》う署のほうへ来てんか。頼むで」

富永と辻原が頷くと、巡査は行ってよし、と手で合図した。辻原に続いて富永が乗り込み、井ノ口に発車ヨシを知らせるベルを鳴らした。了解した井ノ口が逆転ハンドルを前進に戻し、電車はゆっくり動き出した。

「それでいったい、どういうことやったんや。もうちょっとわかりやすうに言うとくんなはれや」

翌日の休憩中、乗務員詰所の卓を囲みながら、いささか困惑顔の中橋が言った。辻原と井ノ口が、やれやれという風に首を振った。

「結局、あの手拭いはスリの合図やった、ちゅうことかいな」

「いや、せやから三通りなんや。白手拭いは、今日はあかん。柄物の手拭いは、今日は旦那がいてへんから逢引できる。ほんで、赤の手拭いがスリの合図やってん」

これで二度目だが、辻原はできるだけゆっくり解説してやった。

「松田屋の嫁はんは、スリの仲間やったわけか」

「仲間やないけど、あのちょっと二枚目の若いスリにたらし込まれとったんや。うまいこと釣られて深い仲になって、宝石盗んで二人で逃げよ、て吹き込まれてその気になったらしいわ。ほんま、浅はかちゅうか、アホな女子《おなご》でっせ」

「ほんでその宝石ちゅうんが、このまえ井ノ口はんが言うとった、帝塚山の後家はんのとこから出たやつですかいな」

「そういうこっちゃ」話を向けられた井ノ口が頷いた。

「相続した甥っ子が、ちょうど商売用の大きな仕入れ資金がいる話があったんで、手っ取り早う現金にしとうて、松田屋に質入れしたらしいわ。仕入れたもんが捌《さば》けたらすぐ受け出して、いずれ改めてゆっくり売る算段やったんやと」

「つまりその、スリの奴らはどっかからそれを聞き込んで、松田屋の嫁はんに近づいたんでっか」

「いやいや、そこまで段取りするほどの奴らやないで。たまたま松田屋の嫁はんと浮気しとったのが、寝物語に宝石の話を聞いたらしいわ。それでその宝石をいただいてドロンしよ、て思いついたんや」

「松田屋の嫁はんは、その若いツバメにすっかり騙されたんですわ。宝石を受け出しにくるて連絡があったら赤い手拭いで合図せえ、言われてその通りにしたんやて」

辻原が補足し、中橋はへええと唸った。

「手拭いちゅうんはどうも古風やなあ。電話するとかできんかったんか」

「手拭いの合図なんて芝居か映画みたいやて、井ノ口はんが言うてましたやろ。あの若いツバメ、やっぱり小説で読んだか映画で見たかして頭の隅に残っとったのを思い出して、その手を使うたらしいで」

「警察がそう言うとったんや。まあ、電話しようにも旦那や店の者に気づかれたらあかんし、苦肉の策と違うか。文字通り芝居がかっとるわな」

井ノ口はそう言って、鼻で嗤《わら》った。

「明日受け出しにくると電話があったんで、赤手拭いは出したものの、松田屋の嫁はんも何時に来るかまではわからん。それでスリの連中は店の傍《かたわら》で隠れてずっと待ち伏せしとったんやが、そこを辻原に見つかった、ちゅうわけや」

「揚げ句にわしらの電車に乗ってしもた、ちゅうのが運の尽きやな」

茶を啜りながら富永がニヤリとした。

「警察から表彰されるんと違いますか」

目を輝かせる中橋だったが、井ノ口はかぶりを振った。

「理由はどうあれ、停留所でもない道の真ん中で勝手に電車停めたんは規則違反やろ。表彰とか大層なことになったら余計面倒やさかい、遠慮しといたわ」

「えェ、もったいない話ですなあ」

「もったいないて、別に警察が賞与くれるわけちゃうやろ。表彰状一枚だけやがな」

「まァそらそうですけど……何や残念やなあ」

中橋は腕組みしてしきりに首を傾げていたが、やがてぽん、と手を打った。

「そや！　何もなし、ちゅうことはおまへんやろ。その宝石すられた大将に、なんぼかお礼もろたんと違いまんのか」

言われて三人は、言葉に詰まって顔を見合わせた。それから井ノ口が苦笑し、しゃあないなと頭を掻いた。

「ははっ、ばれたか。実は、お礼にちゅうて十円ずつもろたんや。これ、内緒やで」

「やっぱりもろてましたんかいな。せやけど、その宝石、結構な値《ね》ぇしまんのやろ? 十円ずつて、ちと少ないような」

「ふん、少ない言うたら少ないけどなあ。もともとそのつもりやったわけでもないし、くれるもんに文句も言えんやろ。まあ、お前にも一杯飲ましたるさかい、いらんこと言いなや」

「へいへい、有難くおこぼれに預からしてもらいまっさ」

中橋は揉み手をするように言ってから、ふいに辻原に向き直った。

「しかしお前、よう手拭いのこと見抜いたなあ。二階の欄干に掛けてある手拭いなんか、誰も見向きもせんで」

「辻原、お前よっぽど暇やったんやな」

富永が肘《ひじ》で辻原を小突いた。辻原は苦笑して手を振った。

「いやいや、暇ちゅうわけやおまへんがな。この前も言うたように、六日も七日もずっと手拭い一枚だけ干してあったら、何か気になりますわ。まあ、確かに最初はたまたま目に入っただけのことですけどな」

「そう言やお前、探偵小説とかよう読んどったなあ。変なもんに気ぃつくのは、そのせいと違うか」

「いや別に、探偵の真似事しよう、ちゅうんやないですけどな」

辻原が頭を掻き、井ノ口が「商売替えするんやったら早めに言えよ」とからかったところで、中橋が時計を見て立ち上がった。

「おっと、ぼちぼち時間ですわ。ほんなら」

中橋に促されて辻原も席を立ち、井ノ口らに軽く頭を下げてから、間もなく到着する恵美須町行き電車の乗務員と交替するため、ホームへと出て行った。


その翌朝のこと。辻原は天王寺《てんのうじ》駅前行きの電車に乗務して、住吉交差点に差しかかった。天王寺方面の電車は、ここで恵美須町行きの軌道と分かれると、路面から専用軌道に入る。この区間は普通の鉄道と同様の線路で、踏切もあるから路面上のように円タクや歩行者の邪魔は入らず、安心して走れる。車掌の辻原も、軽く気が抜けるところだ。

住吉の次の神ノ木《かみのき》で高野線《こうやせん》の線路を乗り越え、左へカーブしながら勾配を下って、その次の帝塚山四丁目からは、また路面に戻る。神ノ木を発車してカーブを曲がった後、辻原は窓から右手の前方に目をやった。何軒かの家の裏手を通り過ぎる。路面に戻る少し手前、その辺りでは比較的立派な構えの家の二階に、辻原は目当てのものを見つけた。

(よし、今日はオーケイやな)

辻原の頬は自然に緩んだ。そこで中橋がブレーキをかけ、辻原は一人笑いを抑えて「帝塚山四丁目ェー」と車内に呼ばわりながらドアスイッチに手をやった。心はもう、勤務明けの時間に飛んでいる。

勤務を終えた辻原は、我孫子道から恵美須町行きに乗り、住吉で天王寺駅前行きに乗り換えて帝塚山四丁目で降りた。車掌に小さく手を挙げて電車を見送り、それからおもむろに南へ、天王寺と反対の向きに歩き出す。軌道と分かれた道を少しだけ進み、ある家の脇へさっと入り込むと、裏木戸を押して開けた。さっき一七七号の中から注視した家だった。勝手知ったる様子で、辻原は庭に入って勝手口の戸を横に引き、家の中に体を入れた。そして後ろ手にそっと戸を閉めると、控えめな声で「俺や。来たで」と奥に向かって声をかけた。家の中は静まり返っており、そんな声でも奥まで届く。

すぐに足音がして、「早よ、上がって」と呼ぶ声が聞こえた。安心した辻原は、靴を脱いで畳に上がった。声がしたのは二階からだ。辻原は急いで階段を上った。

「思たより早かったね。大丈夫やったん」

二階の座敷で辻原を迎えたのは、ブラウスにスカート姿の、二十歳ぐらいの女性だった。整った顔立ちで、唇が厚いのと胸が大きめなのが辻原の好みである。

「そらもう、俺は何を置いても美弥《みや》ちゃん優先やさかい」

辻原はそう言って笑い、彼女の向かいにどかりと座って胡坐《あぐら》をかいた。

「いやあ、びっくりしたで。塚西の質屋のこと、美弥ちゃんの言うた通りやったわ」

「そう、やっぱりねえ」

「まさか、俺らと同じようなこと考える奴らがおったとはなあ」

辻原はニヤニヤしながら窓の欄干に掛けられた手拭いに顎をしゃくった。松田屋の二階に掛かっていた白手拭いとそっくりだ。さっき辻原が一七七号電車から確認したのは、この手拭いだった。

「て言うより、誰でも考えつく合図やったんかなあ」

その女性、美弥子《みやこ》はそんなことを言いながら立って、掛けてあった手拭いをつまむと部屋の中に戻した。

「そらまあ、美弥ちゃんもこの合図、どっかで読んだか聞いたかした話やて言うてたもんなあ」

美弥子はこの家の娘である。父親は阿部野橋《あべのばし》で洋品店を営んでおり、母親はときどき店を手伝いに行っている。一人いる兄は、神戸の知人の店でいずれ父の跡を継ぐための修業をしているので、両親が店に出ているときは美弥子が家に残って家事全般を切り回していた。辻原と付き合いだしてからは、両親が店に出て美弥子一人になるとき、二階の窓に白手拭いを出して乗務中の辻原に合図していたのだ。辻原は手拭いを見て、勤務が終わり次第逢瀬《おうせ》に駆けつけるという具合なのであった。

「その質屋の奥さんらも、同じ話を読んだか聞いたかしたんかなあ」

美弥子が首を傾げるのを遮《さえぎ》り、辻原は勢い込んで話を始めた。

「それが、聞いてくれや。手拭いの合図、もっとえらいことになったんやで」

辻原は、赤い手拭いを見つけてから二人組を警察に突き出すまでの一部始終を、身振り手振りも加えて美弥子に語って聞かせた。美弥子の目が、だんだんと驚きで見開かれていくのが心地よかった。

「うわあ、それってすごいやん。大手柄やん」

全部を聞き終えた美弥子が、尊敬したような眼差しを向けてきた。どうだと自慢しつつも、さすがに辻原は照れ臭くなった。

「いやあ、それもこれも、美弥ちゃんが手拭いの合図を考えたおかげ、それから質屋の二階に毎日手拭いが出てる話をしたとき、もしや質屋の奥さんが浮気してるんと違うか、て言うてくれたおかげや。そうでなかったら、電車から見てるだけの俺が気ぃつくわけないがな」

「そやかて、赤い手拭いはうちの台本には入ってへんもん。それ見て、これは何か異変やて気ぃついた辻原さんのほうがずっと偉い」

「え、そんなことないって。ツバメと浮気するだけやったら、白と柄物の二種類の合図で充分やのに、あんな派手な三番目の合図がいるなんて何事や、て思うただけやんか」

「普通の人はそこまで思わへんわ。何て言うの、想像力か。辻原さんには、それがあるねん」

「想像力かあ」

どうも自分ではよくわからないが、探偵小説を読むせいなのか、普段様々な乗客と接しているせいなのか、そういう風に、人より飛んだ発想ができる、ということはあるかも知れない。いずれにせよ、美弥子から褒められると悪い気はしない。

「ところで、今日は時間はだいぶあるの？」

照れ隠しのように問うと、美弥子は頷いた。

「うん。お父さんもお母さんも、六時過ぎまで帰らへんわ」

「そうか。ほな、千日前《せんにちまえ》の映画館でも行こか。スリの一件で礼金もろて、懐が温かいねん。何か買うたげるで」

辻原が胸を叩くと、美弥子の目が輝いた。

「ほんま？　嬉しわあ」

が、言ってから美弥子は、ちょっと何か考えている様子だ。

「あれ、どうかしたんかいな」

「うん……映画行くにしても、まだ午前中やし、時間だいぶあるよね。その質屋さん、見に行ってもええかな」

「え？　質屋を見たいてか」

　これはまた、ずいぶん色気のない話だ。犯罪現場の見物とは。だが、そういう好奇心の強いところが美弥子の性分である。辻原は付き合うことにした。

　塚西まで電車で行くのは少し遠回りになるし、乗り換えも必要なので、歩いていくことにした。何より、美弥子と連れ立って電車に乗れば、明日の朝までにこの逢引が阪堺線の乗務員全員の知るところとなり、辻原は当分の間、酒の肴《さかな》にされてしまう。

　裏道を歩いていけば、二十分ほどだった。塚西停留所の南側で、表通りに出た。住吉のほうから、恵美須町行き電車が来るのが見えた。辻原は慌てて電車に背を向け、美弥子から離れた位置で電車をやり過ごした。二人で寄り添っているのを仲間の運転士か車掌に見られたら、一大事だ。美弥子はそんな辻原の様子を見て、あははっと笑った。こんなときは、男より女のほうが度胸があるようだ。

　辻原は威厳を取り戻すように咳払いすると、三軒向こうの二階建ての店を手で示した。

「あれがその、松田屋ちゅう質屋や」

「ふうん、結構店構えは立派やね」

　美弥子が軒下に掲げられた看板を見ながら言った。

「何せ、明治の初めからの店で、沿線の質屋では一番大きいからな」

辻原は井ノ口から聞いた話を、そのまま知ったかぶりして言った。だが、美弥子はそれには特に感銘を受けなかったようで、二階の欄干をすぐに指差した。

「手拭い、あそこに掛かってたん？」

「ああ、そうや。こっち側の手前のとこにな。電車からもよう見えるんや」

「ふうん……」

美弥子は小首を傾げてから、頭を巡らせて通りの様子を眺めた。埃っぽい通りには、今朝もいつもと同様、午前中の稼ぎに回る配達のトラックや自転車、大八車に円タクなどが、忙しく行き交っている。美弥子はその雑踏から、向かいの店に目を移した。真向かいにあるのは古本屋だった。その隣が、辻原が松田屋を見張った酒屋だ。両方とも松田屋同様の二階家で、二階の窓には欄干があるところも同じだ。美弥子は古本屋の二階を見てから、松田屋の二階と交互に目をやった。

いったい何を気にして見てるんや、と辻原が声をかけようとしたとき、美弥子が言った。

「ねえ……お向かいの古本屋さん、松田屋の手拭いには気づかへんかったんかな」

「えっ」予想していなかった問いかけに、辻原は戸惑った。

「そら、向かいやから言うて、ずっと様子を見てるわけでもないやろ」

「うん、それはそうやけど、表通りに面した窓に手拭い干してたんやろ。曇りの日でも雨の日でも、毎日。それ、不自然やから辻原さんも気がついたんよね」

「ああ……そうやけど。それがどうかしたん」

美弥子が何を言いたいのか、もうひとつよくわからない。

「こんなよく見える場所やもん。そら、相手の男の人によく見えんかったらあかんわけやけど、辻原さん以外にも気づいた人、いてたかもわからんなあ、って」

「ああ、そういうことか」

それはその通りかも知れない。手拭いに気づいても、張り込みまでやった物好きはさすがに辻原しかいなかった、ということだろう。別にそれほど気にすることでもなさそうだが。

「なあ、松田屋さんぐらいの店やったら、女中さんとかいてるやろ。手拭いに気づいて取り込んだりせえへんかったんかな」

「それは、あの奥さんが手拭いに手ぇ出すな、て言い含めてたんやろ」

「でも、そんなこと言うたらあの店の中の人、みんな変に思うんと違うかなあ」

「うーん……」そこまで言われると、さすがに妙な気がしてきた。

「けどなあ、旦那さんかて気づいてなかったんやで」

「それやけど……旦那さん、ほんまに気づいてはらへんかったんやろか」

「え、それ、どういう意味？　気づいてたら、奥さんと大喧嘩になって離縁騒ぎやろ。こんな事件起こってないはずやんか」

辻原は当然のことを言ったつもりだったが、美弥子はまだ何か考えている。

「なあ、どないしたん。そんなに納得いかんのかいな」

「ごめん。納得いかんて言うか、どうもすっきりせえへんので……」

辻原が手柄に水を差されて気分を害したと思ったか、美弥子が済まなそうに言った。

「あ、いやいや、別に構へんねんけど」

全然気にしてはいないと伝えかけたとき、住吉のほうから猛然と走ってくる二台の自動車が視界の隅に入った。美弥子も他の通行人もそれに気づき、何事かと足を止めて誰もが車を目で追った。

二台の自動車は辻原たちの目の前を過ぎ、松田屋の向かいで急ブレーキをかけると、ぐいっとハンドルを切ってUターンした。辻原と美弥子は、思わず身を引いた。自動車は松田屋の店先に横づけして停車した。ドアがいっぺんに開き、前の車から背広の男が、後ろの車からは制服の巡査が、それぞれ四人ずつ飛び出して、松田屋の店になだれ込んだ。辻原も美弥子も通行人も、呆気に取られてその事態を眺めた。

刑事と巡査たちが松田屋の中で何事かどたばたやっているうちに、店の前には野次馬の人だかりができてしまった。

「いったいこれ、何やと思う」美弥子が囁くように言う。

「さっぱりわからん。スリとつるんでた嫁はんはとうに警察署へ引っ張られてるし、家宅捜索、ちゅうやつかなあ」

「けど、随分慌ててるみたいやったけど」

わけがわからないまま五分ほど経ったかと思った頃、暖簾が割れて刑事と巡査が店から出てきた。刑事の一番偉そうなのが、野次馬を見て顔をしかめた。

「ほらほら、見世物と違うで。どかんかいな」

お決まりの台詞を口にすると、手を振って道を開けるよう指図した。野次馬が引いた。

「おい、行くぞ。大阪駅や」

その刑事は他の全員にそう言って車に乗り込み、巡査の一人にここで張り番をするよう命じると、砂ぼこりを上げてまたUターンし、北のほうへ走り去った。

「何やねん、松田屋にまだ何かあったんかいな」

「何や知らん、けったいなことが起きとるなあ」

「松田屋、どないなるんやろなあ」

野次馬たちは、口々に噂し合いながら、三々五々と散っていった。後には辻原と美弥子だけが残った。二人は顔を見合わせてから、松田屋の店先に目を戻した。そこには厳めしい顔つきで張り番を命じられた巡査が立っている。あれでは、客が来ても入りづらいことこの上ないだろう。

「あれ？　お巡りさん、一昨日はどうも」

よく見ると、それは一昨日、スリを捕まえたときに最初に警察署から駆けつけた巡査だった。巡査は辻原のほうを向くと、ああ、という顔になった。

「おう、何や、君か。今日は休みか」

「ええ、勤務明けの非番ですわ。あの、いったい何があったんですか」

そう問うと、巡査は困った顔をした。やはりみだりに職務上の話はできないのだろう。だが巡査はしばらく迷ってから、左右を見て誰もいないのを確かめ、辻原を手招きした。辻原は、有難くそれに応じた。

「これは内緒の話やぞ」そう前置きし、巡査は小声で話し始めた。

「実はな、あのスリが盗《と》った宝石、調べてみたら模造品がだいぶ混ざってたんや」

「模造品ですて？」さすがに辻原は驚いた。

「初めからそうやったんですか」

「いいや、松田屋に質入れしたのは間違いなく本物やったそうや。宝石商が確認しとる。あのスリを締め上げたんやが、あいつらは全然知らんかったらしい」

「ということは、松田屋にある間にすり替えられた、ちゅうことですか」

巡査はおもむろに頷いた。

「それで松田屋を調べたら、ここの主人は博打に手ぇ出して、店の金をだいぶ使うとったらしい。これは怪しい、となって駆けつけてみたら、主人は今朝早うに店を出て、姿をくらましとった。うちの連中はみんな大阪駅へ向かったわ」

何とまあ、と辻原は呆れ返った。あのスリ騒ぎにもう一幕があったとは。

「わしの知っとるのは、ここまでや。一昨日の手柄に免じて、あんたやから教えたるんやで。わしから聞いたとは、絶対言うたらあかんぞ」

巡査はもったいぶってそう言うと、早く行け、とばかりに顎をしゃくった。辻原は礼を述べ、美弥子に合図してその場を離れた。


「へえ、あそこの旦那さんが。それはびっくりやねえ」

通りを南のほうへぶらぶらと歩きながら、辻原の話を聞いた美弥子が言った。二人はもう少し南へ歩いて、粉浜《こはま》駅から南海電車で映画館へ向かうつもりだった。

「美弥ちゃんが思った通り、旦那は嫁はんの間男に気がついとったんやなあ。たぶん、隠れて盗み聞きしたか、女中を使ったかで、スリの企みを嗅ぎつけたんやろ」

「それで、宝石を模造品とすり替えてそのままスリに盗ませたんやね。スリは模造品に気がついてもどこへも言われへんし、バレる気遣いはないと思ったんやなあ」

「ところが俺らがスリに気づいて捕まえてしもたもんやから、旦那の計算は狂うた。警察が宝石を調べたら何もかもバレる。それですり替えた宝石持って、逃げたわけか」

「けど、模造品てそんなにすぐに造れるんかなあ。奥さんとスリの関係に気づいてから、そんなに長いこと経ってるわけやないんでしょ」

「もしかすると、宝石のすり替えは前から計画しとって、たまたま嫁はんとスリの企みを知って、利用することにしたんかも知れん。それは旦那を捕まえて聞いてみんとな」

「そうやね。この話、ほんまに下手な映画より面白いわ」

　美弥子はそう言うと、屈託のない笑顔を見せた。その笑顔を見ながら辻原は思う。

（美弥ちゃんも、大した奴っちゃ）

　松田屋の建物を見ただけで、旦那が嫁はんの密会を知らんかったいうんはおかしい、て見抜きよった。この娘《こ》の目は、節穴やない。さっきは美弥子に想像力がある、と褒められたが、こうしてみると美弥子のほうが頭は上かも知れん。

（待てよ……）

　ふと辻原は思う。もし将来、俺が浮気なんかしたら、ちょっとした仕草や様子の変化から一発で見抜かれる、ちゅうことやろか。ああ、何と恐ろしい女子《おなご》や。

　いやいや、俺は何を考えとるねん。辻原は頭を振った。そんなん、今心配する話やないがな。後ろから電車が近づいてくる音がして、辻原は何気なく目を上げた。スリを捕まえたあの一七七号電車が目の前を通り過ぎていった。

　その瞬間、車掌と目が合った。富永だった。通り過ぎざま、富永がこちらを見て眉を上げたのがわかった。

「あいたぁー、見られてしもた」

辻原は頭を抱えて声を上げた。美弥子と一緒のところを、よりによって富永に目撃されたのだ。明日、詰所へ出勤したとき、冷やかしが雨あられと降り注ぐのは間違いない。

「何をうろたえてるのん。見られたんなら、仕方ないやん。腹くくりなさい」

美弥子は、情けない男やな、とばかりに背中をどん、と叩いた。ああ、やれやれ。ほんまに大した女子やで。溜息をつく辻原の視線の先で、今見たことを思ってニヤニヤ笑いをしているであろう富永を乗せた一七七号が、次第に小さくなっていった。

第二章　防空壕に入らない女

――昭和二十年六月――

どこで、間違うたんやろか。何が悪かったんやろか。たぶん、心の中ではみんな、そう問うてたんやろなあ。レールの上を行ったり来たりするだけのわしらには、ちょっともわからへんことやけど。

それでも、あれだけ賑《にぎ》おうとった街が、あらかた焼け野原になってまうとは、戦《いくさ》が始まった時分には思いもせんかった。わしらの車庫にも焼夷弾が落ちて、仲間が何台も焼けてしもうた。戦後に修繕して復活したやつもおるけど、それきりになってしもたやつもいてる。わしが焼けんで済んだんは、ただ運がよかっただけのことや。

人間のやることにとやかく言うつもりはないけど、ほんまに、生まれて十二、三年であんなえらい災難に遭うとはなあ。二度目が永遠になかったら、ええんやけどなあ。

そんな中でも、人の暮らしは続いとるんやさかい、おもろいことも変わったことも、いろいろと出会うたで。せや、戦の終わり頃には、男手が足らんようになって、女の子がぎょうさん運転士や車掌になっとったわなあ。あれは、そんな時分の話やったか……。

サイレンの音は、運転中の雛子《ひなこ》の耳にもはっきり聞こえた。

(何やのん、もう。真っ昼間やいうのに、遠慮会釈なしや)

目の前に北畠《きたばたけ》の停留所が見えたので、雛子はそこまで進んでからブレーキをかけた。停まるとすぐに運転台横の扉を開け、後ろにいる車掌の白石《しらいし》と声を合わせるように、車内に向かって「空襲警報です。避難して下さァい」と叫んだ。サイレンは乗客の耳にも届いている。心得た乗客たちは電車から飛び降りると、思い思いの方角に散ったが、この辺りに不案内らしい数人は、どっちへ行ったものかと迷っている。

「皆さん、こっちへ来て下さい」

ブレーキハンドルと逆転ハンドルを抜いて最後に降りた雛子は、白石と顔を見合わせて頷き、残った乗客を引き連れて、小走りにすぐ近くの寺へ向かった。一応の備えとして、沿線で乗客も入れるような大きな防空壕を備えている所は、頭に入れてある。この北畠の場合は、その寺だった。路上では、慌てて防空頭巾《ずきん》を被った通行人や、バケツと火叩きを持った隣組の人たちが右往左往している。

「こっちこっち、早う」

白石が先頭に立って手を振り、乗客たちを急《せ》かした。雛子は一番後ろから逃げ遅れている人がいないか確かめつつ、通りに目をやった。街並みはこの数年でほとんど変化していない。だが、空気はすっかり変わっていた。窓硝子《まどがらす》には割れたときの飛散防止にすべて白い紙テープが貼られ、防火用水が至る所に用意されている。建物の隙間には、無理やり掘られた小さな防空壕が見えた。遠くで、「進め一億火の玉だ」と書かれた横断幕が揺れている。初夏の青空と陽射しの下だというのに、明るい装いは何一つ見られなかった。

雛子はちらりと電車を振り返った。電車は、一七七号である。

（お父ちゃんは一七七号は縁起のええ電車なんや、て言うてたけど、こんなとこでこんな昼間に空襲に遭うなんて、全然縁起ええことないやないの）

恨めしそうに心の中で呟く。雛子の父は、今は戦時統合で近畿日本鉄道の一部となったこの阪堺線の指導運転士として長年勤め、五年前に定年退職していた。乗務員の多くが兵隊にとられ、雛子ら女学生が動員されたのだが、そんな形で運転士になってしまったのも、父の縁なのかと思う。その縁のおかげで、父をよく知る古参の乗務員たちからは可愛がられていた。車掌の白石もそんな古参の一人だ。

「おう、あれやあれや」

先頭に立って境内《けいだい》に入った白石が、屋根がわりに土を盛った防空壕を指差した。入り口の戸は、まだ閉じられていない。

「入れてくれて、頼んでくるわ」

白石はそう言って先に駆け出した。徴兵年齢をとうに過ぎた白髪交じりの白石のほうが、こんな場合は動員女学生の雛子よりずっと顔が利《き》く。

入り口から顔を出した警防団員か隣組の組長らしい中年の男と少しやりとりした後、白石がこちらに手を振った。雛子と乗客はそれを見て、一様にほっとした顔になり、そそくさと壕に駆け寄った。本堂からだろうか、微かに「中部軍管区情報。紀伊水道を北上中の敵編隊は大阪市方面を……」というラジオの声が聞こえた。今まで空襲はたいてい夜だったのに、近頃は昼間でも平気でやってくる。これは、敵に舐められているということなのか。

「あんた、どないしたんや。早よ入らんかいな」

むかっ腹を立てていると、白石が雛子の後ろに向かって怒鳴った。びっくりして振り向くと、一人の若い女が、防空頭巾も被らず、呆然とした様子で立ちすくんでいた。雛子たちの乗客の一人に違いない。

「どうしはったんですか。まだ入れますよ」

雛子が声をかけると、女は入るどころか後ずさりした。

「入らんのやったら、扉閉めるで」

隣組の組長が、苛立った様子で扉に手をかけた。雛子がなおも女を呼ぶと、女は「ごめ

ある以上捨ててはおけないと、そのときはそう思ったのだ。

で呼び止めたが、構わず走った。後から考えれば放っておいてもよかったのだが、乗客で

言い置いて、入りかけていた防空壕から飛び出すと女の後を追った。白石が後ろから大声

何がどうなっているのかわからないまま、雛子は白石に「すいません、後、お願い」と

「あ、ちょっと！」

んなさい！」と小さく一言叫んで、さっと身を翻した。

女は境内から走り出て、表通りにとって返そうとしていた。が、方角を確かめようとし

たのか、一度立ち止まって左右を見回した。そこで雛子は追いつき、女の腕を摑んだ。ぎ

ょっとして振り向いた女の顔は、蒼白になっている。

「そっちは駄目です。こっちへ」

雛子は女の腕を引いて、寺の脇の路地を裏手のほうに向かった。表通りは二階建ての木

造の家ばかりが密集していて、焼夷弾を食らえば火の海になって逃げ場を失うかも知れな

い。もっと広い場所のほうがいい、と雛子は思った。

寺の裏手は、そこそこ広い墓地になっていた。雛子は女を連れて墓地へ入り、奥まで行

って土塀に張りつくと、ようやく一息ついた。

「とりあえず、ここにいましょう。大丈夫かどうかはわからへんけど」

女は、肩で息をしながら頷いた。さっき蒼白になっていた顔には、少し生気が戻っている。

「ごめんなさいねえ。えらい迷惑かけてしもて」

女は雛子に謝ったが、何故か困惑しているような様子である。

「何でまた、防空壕から逃げはったんですか」

「それはその……すんません。ちょっとわけがあって」

女はそれだけ言うと、後は続けようとせず、黙って俯いた。雛子は傍らに立って、女の顔をじっと覗き込んだ。失礼だとは思ったが、明らかに不審なその女の様子は、どうにも気になって仕方がない。

近くでよく見てみると、最初の印象よりは年下のようだ。雛子より五つ六つ上だろうか。ブラウスにもんぺ姿で、肩からズックの鞄を掛けている。化粧っ気がないせいか、平凡で目立たない風貌だった。

女の口が開きかけ、また閉じられた。話をしようかどうしようか、迷っている感じだ。あるいは、考えをまとめているのか。雛子は辛抱強く待った。

「私、北田《きただ》信子《のぶこ》て言います。大和川のほうに住んでます」

数分経ってから、女はそう名乗った。

「うち、井ノ口雛子です」

「動員の学生はんやね」

「ええ。阿倍野の信英《しんえい》女学校です。三月《みつき》ほど前から、運転士してます」

「ああ、そうなんや」

女は頷き、改めて感心したような目で雛子を見た。

「あんな大きな電車運転するやなんて、偉いわあ」

「そんなん」雛子は顔を赤らめた。

「とりあえずハンドル回したら、動きますから。どんな仕組みで動くかなんて、さっぱりわかりません。ハンドルの動かし方、覚えただけです。古い運転士さんらからは、ネジ回し、言うて馬鹿にされてます」

そう言いながら、照れ笑いして肩を竦めた。

「あ、お客さんにこんなこと言うたら、乗るの怖がられるわ。お父ちゃんにまた怒られる」

顔をしかめて自分で頭を叩くと、信子が笑った。

「面白い人やねえ。あ、お父さんも運転士さん?」

「そうです。もう定年で辞めてますけど。お父ちゃんやったら電車の隅々まで知り尽くしてたんで、私なんか全くの素人やないかて、よう怒られますわ」

「そう。立派な運転士さんやったんやねえ」

「立派、言うんか……とにかく電車のこと好きで、うちが小っちゃかったときによう電車の仕組みとか新車の自慢とか話してたけど、全然わからへんで、退屈やったわ」

苦笑気味に言って、また肩を竦めた。

「そんなうちが運転士やってるなんて、ほんまに世の中は不思議やわあ」

「それでも、電車の仕事、嫌いやないんでしょ」

「あ、ええまあ、好き……ですかね。ときどきうまくいかんこともあるけど」

雛子は微笑んで空を見上げた。梅雨入り前の穏やかな晴天である。空襲警報の最中だなんて、嘘みたいだ。

「お父ちゃんは、お兄ちゃん二人のどっちかに電車の仕事やってほしいて思てたみたいやけど、二人とも小っちゃい頃はともかく、中学出た時分から電車に興味なくなってしもたんです。うちのほうがまだしも電車好きそうに見えたらしゅうて、変に期待されたようなな」

信子の表情が、ちょっと動いた。

「お兄さんがいてはるんやね。今は、兵隊さんに？」

雛子は頷きを返した。兄の年代の健康な男子は、おおかた召集されている。

「二人とも陸軍です。上の兄は北支《ほくし》（中国大陸北部）らしいですけど、下の兄はまだ内地に」

「そう。で、あなたは運転士。兄妹三人とも、お国のために働いてはるんやね」

「はい、何とか頑張ってます」

「でも電車の運転士て、縫製工場でボタン付けしてる私より、ずっと立派な仕事やわ」

「そんなことないです。縫製工場かて、立派にお国のための仕事です。うちなんて、ほんまに……」

そこで我に返った。自分の話などしている場合ではない。真顔になって信子を見た。信子も察して俯き加減になるとまた少しだけためらってから、口を開いた。

「私ねえ、防空壕へはよう入らんのよ」

「よう入らん？　どうしてです」

「穴の中へ入るんが、怖いんよ」

「怖いて……何かあったんですか」

「そうなん。まだ子供のとき。もう十何年前のこと」

それから信子は、ゆっくり幼い頃の体験を語り始めた。


「住んでたとこの近所に、ちょっと土地が小高くなってるとこがあって、端っこが崖みたいになってたんよ。崖、言うても高さは家の屋根くらいやったと思うけど。そこに横穴が開いてててねえ。ほら、そんなんがあったら、子供って入って遊びとうなるやん。入り口のとこに物が置いてあったりしたけど、中は何も使うてなかったんで、よう近所の友達らと入り込んでてん。大人からは、あの穴は崩れやすいから入ったらあかん、て言われてて、入ってるんがばれたら、よう怒られたわ」

そのときのことを思い出してか、信子の顔に苦笑が浮かんだ。確かに、大人に止められたから素直に遊びをやめるとは限らない。むしろ子供の好奇心はいや増す。

「それでね、あるとき、仲ようしてた同い年の幸男《さちお》いう子と、二人でその穴へ遊びに入ったんよ。もう七つとか八つくらいの年やと、男女で一緒に遊んでたら何やかや言われるさかい、隠れて二人でときどき遊んでたん」

一瞬、照れたような赤みがさした、と雛子は思った。たぶん、信子はその幸男が好きだったんだろう。そう思うと、微笑ましかった。

「初めは入り口の辺で遊んでたんやけど、他の子に見つかりそうな気がして、ずっと奥へ入ろう、て、私が言うたん。幸男は、親に知れたら怒られるんで気が進まんかったみたいやけど、私が、サッチン、怖いんか、て言うたら、そんなことあるかい、て胸張って、先に奥へ入っていったん。ずっと奥へ行って、暗くて姿が見えにくうなったところで、どや、全然平気やで、って声がした。それで私もほっとして、行こうとしたんやけど……」

そこで信子の顔が強張《こわば》り、言葉が途切れた。何かを感じ取った雛子の背筋にも、冷たいものが走った。信子は少しの間そのまま黙っていたが、やがて心を決めて先を続けた。

「その前、何日か雨が続いててん。それで、土が水を含んで弱ってたんやろね。私が一歩踏み出しかけたとき、ほんまに突然やった。ぱらぱらって、上から土が落ちたと思ったら、穴の天井が私のすぐ前にどさどさっと落ちてきたんよ」

「それって、穴が崩れた、いうことですか」

雛子はその光景を思い浮かべてぞっとした。信子は小さく頷いた。

「そう。もともと崩れやすい場所やったんや。それで大人たちから止められてたのに。ほんま、子供てアホやね」

「そしたら、その……幸男君は……」

聞きたくはなかったが、やはり聞かずには済まされない、と思った。信子は、抑揚の少ない声で語った。

「それが……わからへん。それっきり。私はただ怖うて、懸命に走って家へ帰った。そうして、部屋で布団被って震えてた。それだけしか覚えてないんよ」

「幸男君のこと……知らせなかったんですか」

責めるような言い方になったかも知れない。信子は肩を落とし、かぶりを振った。

「それは、言うたと思う。けど、ほんまにわからへんのよ。それから後、しばらくのことは思い出されへんの。ただ、サッチン……幸男には、それから会《お》うてへん。一度も」

雛子は、自分の顔が青ざめるのを感じた。おそらく、幸男は生き埋めになったのだ。その恐怖と罪の意識から、信子は記憶の一部を封印してしまったのだろう。だが、意識の底に残っているその恐ろしい体験の記憶は、今も穴に近づこうとする信子を怯えさせ、足を止めてしまうのだ。

「それで、防空壕には……」

「そう。それ以来、穴みたいなところへは入られへん。百貨店の地下へ下りるのも勇気いるし」

「けど、ほんまに空襲に遭うたら」

「それはもう、仕方ない。防空壕に入られへんかったために空襲で死んだら、それが私に下された天罰や、いうことやろね」

そう言って信子は微かな笑みを浮かべた。その笑みは、雛子にはひどく哀しげに見えた。

「あ、あれ……」

顔を上げた信子が、突然気づいた様子で西の空を指差した。雛子が振り向くと、信子の指す方向に、南から次々に現れる羽虫の群れようなものが見えた。来た。敵の編隊だ。

「敵機……」

信子が呟くと、羽虫の周りに立て続けに黒っぽい煙の塊が湧いた。その後を追って、どんどんという響きが空気を震わして体に届く。高射砲陣地が応戦しているのだ。だが、命中して火の玉になる敵機は一機も見えなかった。友軍の戦闘機は、いったいどこにいるのだろう。

「尼崎かな……神戸かな。こっちへは来えへん」

独り言のような信子の呟きが耳に入ったが、雛子は何も言わずにただ呆然と、通り過ぎていくB29の編隊を眺めていた。昼の光の中、こんなにはっきり敵機を見たのは初めてだった。青空を背に、何者にも邪魔されず乱れなく、強い陽光にきらめきながら進んで行く群れ。それはどこか現実離れした光景のように、雛子の目には映った。


空襲警報解除のサイレンが鳴り、雛子と信子は墓地を出て表通りへ戻った。雛子が運転してきた一七七号電車は、扉を開けたまま、北畠の停留所に元通り停まっている。まだ新しい電車なのにその姿は、放り出されて途方に暮れ、座り込んでいる年寄りのように見え、雛子はなんだかかわいそうになった。

「おう、大丈夫やったか。どこにおってん」

他の乗客を連れて寺から出てきた白石が、雛子を見て安心した様子で駆け寄ってきた。

「すんません。裏の墓地のほうにいてました」

それから白石の耳に顔を寄せ、「この人、狭うて暗いとこはあかんようです」と囁《ささや》いた。白石は、ああ、と納得した顔になり、無言で頷いた。いわゆる閉所恐怖症だ、と理解したのだろう。信子は雛子たちの後ろに隠れるようにして俯いている。他の乗客たちの探るような、あるいは非難がましい視線を避けているようだ。無理もない、と雛子は思った。皆と同じように行動できない弱々しさを見せただけで、非国民扱いされる世の中だ。

「さあ、乗って下さい。発車しまっせ」

白石が乗客たちを促し、雛子も大事に握りしめていたブレーキハンドルと逆転ハンドルを両手に、運転台へ乗り込んだ。二つのハンドルを所定の位置にはめると、自然に背筋が伸びた。幸い、電気は止まっていない。前方には、防空壕から出て、それまでやっていた仕事に戻ろうと歩く人々の姿が、ちらほらと見える。日常は急速に取り返されていた。

雛子は前扉を閉め、運転台から車内を振り返った。遠慮がちに座席の一番隅っこに座って背を丸めている信子が、ちらりと見えた。白石が、ベルをチンチン、と鳴らした。

「発車しまァーす」

雛子はブレーキを緩め、コントローラーを回した。一拍置いてがくんと軽い震動があり、一七七号は中断された行程を再び歩み出した。


それから数日後の公休日。雛子は、初めて目にする町の家並みを見回しながら、さほど広くない通りを歩いていた。阪堺線沿線からは東のほうになるが、そう遠く離れているわけではない。すっかり立て込んでいるが、塀を巡らし蔵もある旧家や、かつては農家だったのでは、と見える家もある。昔からある集落が、人口が増えて膨らんできた大阪の街に呑み込まれた、という風情だ。硝子に紙テープが貼られているのはここも無論同じだが、雛子の住む辺りに比べると戦時下の雰囲気は薄く、落ち着いているような感じがした。

(なんでこんなとこまで、来てみようて気になったんやろ)

自分でも、物好きやなと思って雛子は苦笑した。そこは、信子が前に住んでいた、と話した町であった。

(さて、小高くなって崖みたいになったとこ、て言うたら……)

歩きながら左右に目をやる。この辺は大昔の台地の端で、いくらか起伏がある。それでも、家の屋根ほどの高さの崖となると、何ヵ所もあったりはしないだろう。近くまで行けば、すぐ見つかるに違いない。

そう期待したのだが、結局一時間以上もその界隈を歩き回る羽目になった。明確な当てがあったわけでもないのに、いったい何をやっているんだろうと改めて自嘲しかけたとき、傍らの路地から兵隊ごっこで遊んでいたらしい子供の集団が走り出てきた。もしやとその路地を奥へ辿ってみたら、家々の裏手にちょっとした空き地があって、その奥が小高い丘のようになっている場所に出た。

そこは崖というほどではないが、確かに家の屋根ぐらいの高さの段差がある。見ると、その中ほどに横穴があって、入り口は板や材木で固められていた。物置兼防空壕として使っているらしい。

ここだ、と雛子は直感した。確かにいかにも子供の遊び場になりそうな場所だ。雛子は横穴に近づいていった。

「何ぞご用ですか」

ふいに後ろから声をかけられ、飛び上がりそうになった。慌てて後ろを向く。髪に白いものの交じった四十五、六と見えるもんぺ姿の婦人が、眉根を寄せてこちらを見つめていた。

「あ、え、えらいすみません。勝手に入り込んできて」

怪しい者ではございません、とばかりに居住まいを正して丁寧にお辞儀した。それでも婦人の訝《いぶか》しげな表情は消えなかった。

雛子は困惑した。雛子はここでは全くの余所者《よそもの》で、表の通りでなくこんな裏手に入り込めば不審がられるのも無理はない。まさかスパイとは思われまいが、この非常時に何をしてるんだと警防団員でも呼ばれたら厄介だ。

「いえその、実は、うちは北田信子さんの知り合いで、信子さんが十何年か前にここら辺に住んではったて聞いて、近くに来たついでに、どんなとこやったんかなと思て……」

そこまで言うと、婦人の顔がぱっと明るくなった。

「いやァ、信子ちゃんのお友達？　ああ、そうですかいな。懐かしわあ。信子ちゃん、元気にしたはるの？」

「ええ、はい。元気です。今は縫製工場で仕事してはります」

「そうなん。元気やったら、よかったわ。信子ちゃんの家な、あそこの三軒向こうの借家やったんよ」

そう言って婦人は、一番奥に見える家の先を指差した。

「引っ越しはってから、十五、六年くらいになるかなあ。その時分はこの辺も、こんなにぎょうさん家は建ってなかったけど」

信子が住んでいた家は、屋根の一部しか見えなかった。それでも雛子には、奥の家の陰から近所の子たちと一緒に空き地に駆け出してくる幼い信子の姿が、見えたような気がした。

「そう言うたら、良則《よしのり》ちゃんも元気？　信子ちゃんのお兄ちゃん」

「え？」

雛子は戸惑った。兄のことは信子から聞いていない。雛子が兄の話をしたとき、信子は自分にも兄がいる、とは一言も言わなかった。

「いいえ、お兄さんには会うたことないんです」

「あれ、そうなん？　あ、そらそうやね。このご時世やもん、兵隊さんに行ってはるわねえ」

婦人は自分で納得して頷いた。まあ、おそらく婦人の言う通りだろう。

「あの、すんません、あの防空壕にしてはる横穴なんですけど……」

雛子は気を取り直して本題に入った。話が思わぬほうへ行ったからか、婦人は小首を傾げた。

「あの穴？　ああ、あれねえ。決められた分だけ防空壕作らんと怒られるから格好だけつけてあるけど、あそこ、崩れやすいんで、みんな入りたがれへんねん。ほんで、ほとんど物置になってるんよ」

婦人は内緒の話、という風に声を低め、笑みを見せた。雛子はこの先を聞いていいものか少し迷ったが、そのために来たんだと思い定めて先を続けた。

「信子さんから聞いたんですけど……その……信子さんが幸男さん、ていう子と遊んでたとき、穴が崩れた、て……」

おずおずと言って、上目遣いに婦人の顔を窺った。婦人は一瞬、何の話かという表情を浮かべたが、すぐに「ああ」と手を叩いた。

「そうや、そんなことあったわ。そうそう、幸男ちゃん。確か二人で遊んでて、幸男ちゃんが奥に入ってるときに穴の天井が崩れて、ほとんど埋まってしもたんや。よっぽど怖かったんか、信子ちゃん、泣きながら家へ走って帰って、それからちょっと大騒ぎやったわ」

婦人は、大変やった、と言いながら笑った。それを見て雛子は、大きな違和感を覚えた。子供が生き埋めになったという話に、なぜ明るく笑えるのだ。何だろう。何か変だ。

「あの……それで幸男さん……」

「そうそう、幸男ちゃん、ほんまに危なかったんよ。崩れてきた真下におったら、生き埋めになるとこやったわ」

生き埋めになるところだった？

「そ……そしたら、幸男さんは無事やったんですか！」

勢い込んで聞く雛子に、婦人は大きく頷いた。

「穴の一番奥にいてたからよかったんよ。信子ちゃんの泣き声聞いて出てきてみたら、穴が崩れとったんでびっくりして。幸男ちゃん、どうなった、言うてみんな青うなったけど、あの穴、奥に斜め上に行く細い穴が通じとってねえ。幸男ちゃん、そこから自分で這い出してきて、泥だらけで家へ帰ったんよ」

張り詰めていた力が一気に抜けて、雛子は座り込みそうになった。生き埋めなんか、なかったのだ。すべては信子の思い過ごしだった。雛子は心の底からほっとした。

「幸男ちゃんのお父ちゃん、心配かけた言うてえらい怒ってたわ。ちょうど養子に行く前の日やったから余計やね」

「え？　養子」

「そう。幸男ちゃんのお母さんが亡くなって、男手一つで兄弟何人も育てられんで、一番下の幸男ちゃん、高槻かどっか、あっちのほうの親戚に養子に行ったんよ。明日にはおらんようになるからこれが最後や、言うて信子ちゃんと二人で遊んだんやね。まさか土砂崩れに遭うとは思わんかったやろけど」

「そしたら、信子さんと幸男さんは、それ以来会うてないんですね」

「そやと思うけど。確か、幸男ちゃんが養子に出て行くとき、信子ちゃん家から出てけえへんかったと思うわ。その辺、信子ちゃんから聞いてない？」

雛子は、いいえとかぶりを振った。だが、これで大方の事情はわかったと思った。

信子は、土砂崩れの恐怖と、幸男を置いて逃げたという罪悪感と、別れの寂しさから、養子に行く幸男の見送りに出てこられなかったのだろう。幸男がいなくなった後、その暗い気持ちが幼い信子を苛《さいな》み、いつしか記憶の一部を封じ込めてしまったのだ。そして残った部分の歪んだ記憶が、今も信子の心の傷になっているのに違いない。

「あ、すいません。えらい長話してしもうて。お邪魔しました」

雛子は丁寧に頭を下げ、婦人が雛子のことをいろいろ問い始める前に急いで辞去した。

収穫は、充分だった。幸男は、生き埋めになったわけではなかった。おそらく今も、元気で暮らしている。あるいは戦地で、お国のために戦っているのかも知れない。

信子に会ってこの話をしてやれば、きっと心の傷から解放されるはずだ。そうすれば、恐れることなく防空壕にも入れるようになるだろう。いや、本当は防空壕なんか必要ない日が来るのが一番いいのだが。来るときはためらいがちだった雛子の足取りは、すっかり軽くなっていた。

「……爾臣民《なんじしんみん》の衷情《ちゅうじょう》も朕《ちん》善く之を知る。然れども、朕は時運の趨《おもむ》く所、堪え難きを堪え、忍び難きを忍び、以て万世の為に太平を開かむと欲す。朕は茲《ここ》に国体を護持し得て……」

雑音がだいぶ混じっていたし、ひどく難しい文言ではあったが、その意味するところは雛子にもどうにかわかった。我孫子道の乗務員詰所前に整列して頭《こうべ》を垂れている雛子たち乗務員に、次第にその声の重みがのしかかってくる。左右に目をやれば、ある者はただ唇を嚙み、ある者はすすり泣いていた。しかしながら、その重苦しさの中に一抹の安堵が漂い始めるのが、雛子には感じ取れた。

（戦《いくさ》が、終わった）

もう空襲警報は鳴らない。灯火管制もいらない。防空壕に入らなくてもいい。敗戦だというのに、雛子にとってはそうした思いのほうがずっと強かった。敗けたことで、これから先、何が待っているのかはわからない。でも、爆弾が降ってこないだけでも昨日までよりはよくなる。雛子は知らず知らず、自分にそう言い聞かせていた。

（信子さんは、無事に今日を迎えられたのだろうか）

あの日以来、信子に会うことはなかった。いつかまた電車に乗ってくるだろうと思ったのに、雛子が運転する電車にも、私用で乗る電車にも、信子の姿は見られなかった。

（せっかく信子さんの心の傷を治してあげられると思ったのに……防空壕のほうが先に用済みになってしもた）

苦笑しかけたのを慌てて抑え込んだとき、放送が終わった。乗務区長が進み出て、恭《うやうや》しく一礼してからラジオのスイッチを切り、姿勢を正して全員に向かうと、我々の忠君報国の力が足りずこのような事態に立ち至ったが、各人とも引き続きその本分を全《まっと》うし、業務に精励せよとの訓示を述べた。それに応えて全員が敬礼し、それぞれの持ち場に散った。

雛子は詰所に戻り、改めて白石と共に点呼を受けると、ブレーキハンドルを手に、乗務員交代のためホームへ向かった。放送の間も、電車は時刻表通りに動いている。乗務中だった運転士と車掌は、重大放送の内容をまだ知らないはずだ。詰所に戻って内容を聞かされたとき、どう受け止めるだろうか。家でラジオを聴いていたはずの両親は、何を思っただろうか。

雛子の目の前に、今から運転する電車が到着した。一七七号だった。雛子は、その番号を見つめてくすっと笑った。我が家の縁起物、一七七号。おかしなことに、こういう節目のときには、必ず目の前に現れるような気がする。

運転台に乗り込んだ雛子は、思わず車内に信子を探した。無論、乗っていない。一七七号に乗れば会えるかも、などと思うのは、単に気のせいだ。それはわかっているのだが。

「発車しまァーす」

いつもと同じように、雛子は電車を出発させた。こんな日、こんなときでも、電車はいつも通り走る。雛子にとっては当たり前だが、もしかしたら、それはすごいことなのかも知れない。ふと浮かんだそんな考えとは関わりなく、一七七号は淡々とレールの継ぎ目を刻んでいく。

年が明けた。雛子は、天王寺駅前の終点で超満員の電車から降りた。ちょっとした買い物のため街に出てきたのだが、この頃は電力事情がよくないので、電車も思い通りに運行できず、混雑が酷《ひど》くて乗り込むのも一苦労だった。食糧事情もなかなか好転せず、戦時中より今のほうが何かにつけ苦しくなっている。

それでも、いつまでもこのままではない、と雛子は思う。今は苦しくても、あらゆる物資、様々な自由、勉強する時間、そして人の命を大量に浪費した戦争は、もうない。今は一歩ずつ、前へ進んで行ける。そのはずだ。ならばきっと、明日は今日より、明後日は明日より、何かがよくなっている。雛子はそう信じることにしていた。

雛子はもう、電車を運転してはいない。本来の乗務員たちが順次復員してきたので、雛子たちも動員解除になって学校に戻ったのだ。春が来れば、卒業である。復学することを父に伝えると、父はほっとしたような、少し残念なような、何とも言えない顔をした。やはり娘が運転士をしていることを、心配しつつも誇りに思っていたのだろう。それを考えると、雛子もちょっと寂しい気分になった。雛子とて、運転士の仕事は好きだったのだ。

そう言えば、あの日信子ともそんな会話を交わしたっけ。

（女子の車掌はまだ残るみたいやけど、この先、女子が電車を運転することって、あるんかなあ。もし女子運転士を募集するんやったら、応募してやるねんけどなあ）

埒もないことを思いつつ、道路を渡った。交差点の真ん中では、巡査と並んで占領軍のMPが交通整理をしている。そんな風景も、すっかり馴染みのものになっていた。

歩道に上がって百貨店の前を右手に行こうとしたとき、雛子は何気なく脇の地下鉄出入り口に目を向けた。そして、その場で固まった。

（信子……さん？）

地下鉄出入り口から出てきた女性は、あの日の記憶にある姿そのままだった。あれから何カ月経つだろう。ずっと会いたいと思っていたのに会えないまま、半《なか》ば忘れかけていたのが、突然こんなところで出くわすなんて。

雛子は、声をかけようとそちらに踏み出しかけた。が、そこで止まった。信子には、連れがいた。若い男だ。二人はにこやかに会話しながら省線（後に国鉄、ＪＲとなる）の天王寺駅のほうへと足を向けた。雛子からはほんの数メートルだ。男は、信子の恋人だろうか。いや、結婚しているかどうかも聞いてはいなかった。ならば夫かも……などと思ううち、声をかけそびれた。あっと思って追いかけようとしたが、二人は雑踏に紛れ、すぐに見えなくなってしまった。

雛子はがっかりして、大きく溜息をついた。何てことだろう。ずっと会いたいと思っていた相手が目の前を通り過ぎたというのに、逡巡してしまうとは。仲のよさそうな二人の様子を見て、無意識に遠慮したのだろうか。

そこで、はっと気がついた。信子の連れの顔は、信子とかなりよく似ていた。あれは夫婦でも恋人でもない。兄妹だ。あの婦人が言っていた、信子の兄に違いあるまい。しまった。ならば遠慮などせず声をかければよかった。どうしてためらったりしたんだろう。雛子は自分で首を傾げた。そうだ。遠慮だけではない。何か声かけをためらう違和感があったのだ。それは……。

雛子は地下鉄出入り口をじっと見つめた。わかった。違和感の正体はこれだ。

あのとき、信子は言った。穴へ入るのが怖いと。百貨店の地下に入るのも勇気がいると。だが、地下鉄出入り口から現れた信子からは、恐れている様子が微塵も感じ取れなかった。地下鉄は百貨店の地下より信子にとっては楽だというのか。そんなはずはあるまい。

いやいや、と雛子は首を振った。あれから日にちが経っているのだ。信子は防空壕へ入るため、怖さを克服したのかも知れない。あるいは、誰かから幸男のことを聞いて、正しい記憶が呼び覚まされたのかも知れない。それで信子は、もう穴倉を恐れなくなったのだ。

雛子は自分を納得させるように、うんうんと二、三度一人で頷いた。それでも心の中では、わかっている。その推測は、正しくないだろうということを。だが、自分がどう思おうと所詮は他人のこと。余計な詮索をして何になるというのか。

今はもういい。雛子はもう一度省線の駅に目をやってから、さっと身を翻した。戦争は終わったのだ。もし神様に正しい答えを教えてくれる気があるのなら、いつか再び、信子に会うことができるかも知れない。そうできたときに、答えを聞けばいい。

雛子は浮かんでくる思いを振り捨てるように足を速めると、省線の駅を背に歩道をまっすぐ進んでいった。

第三章　財布とコロッケ

――昭和三十四年九月――

戦《いくさ》が終わってから、わしらは大忙しやった。飯も満足に食えん中で（あ、わしらの飯、言うたら電気のことやで）扉も閉められんほど大勢のお客さん詰め込んで、みんな必死になって働いたわ。乗ってはるお客さんも乗務員も大変やけど、こっちもそらァ大変やったで。酷使し過ぎて壊れてまうもんも出る始末や。

それでも五年六年と経つうち、だんだん世の中も落ち着いてきてなあ。復員や、復興やて騒いでたと思たら、朝鮮特需で急に世の中、景気がようなった。酔っ払いが増えて、服が上等になって、あれよあれよちゅう間に次は神武《じんむ》景気や。それからは、もう慌ただしゅうてなあ。高度成長て言うんか、みんなそっちへ向かって、前向いて走り出したんや。

余裕が出てきたら、わしらもだいぶおめかししてもろたで。いろんな部品が新しいもんに替えられた。前後の扉も自動になった。それは有難かったけど、あのビューゲルちゅう集電装置だけは難儀やったなあ。わしの屋根には電気をとるためのポールが前後二組ついとったんやけど、なかなかサマになって、格好よかったんや。わしは気に入っとったのに、架線から外れやすい、言うてあの蠅たたきの親玉みたいなビューゲル一本に替えられてしもた。ほんま、情けなかったで。だいぶ後でパンタグラフに付け替えてちょっとましになったけど、思い出しても頭がムズムズするわ。

戦後十二年ほど経った頃やったか、新型が出てきよったのは。五〇一形ちゅうやつや。最初に出てきたときは、ほんまにびっくりしたで。体がスベスベのつんつるてん、凸凹が少のうて、丸みがある。おまけにクリーム色と緑色の塗り分けの派手な出で立ちや。今までの電車と全然違う。お客さんも、新車見て別嬪《べっぴん》さんが来た言うて、えらい喜んではったわ。わしらとしては、ちょっと複雑やったけどな。一夜で旧型にさせられてしもたんやから。

今はだいぶ厚化粧になっとるけど、出たての五〇一はほんまに綺麗やった。わしらとすれ違うときはちょっと遠慮がちに静かにしとってなあ……え？　いや、これは冗談や。五〇一はわしらよりモーターの音が静かや、ちゅうだけのこと。それを言うたら、今の一〇〇一形のほうが遥かに静かやけどな。はっは。

ほんまに賑やかで忙しい時代やったな。今に比べたら世の中はまだ貧乏やったけど、先行きはきっとようなるて、みんなそう信じられたもんなあ。で、結果、確かにすごくようなったけど、ようないこともいろいろ出た。それは皆さんご承知の通り、ちゅうわけや。

これはまあ、そんな時分のちょっとした話や。


「姫松《ひめまつ》ゥーです」

車掌が停留所名を告げる間延びした声で、座席に座ってうとうとしかけていた榎本章一《えのもとしょういち》は、はっと目を開けた。彼が降りるのは天王寺駅前の終点だから、別に起きなくてもよかったのだが、何となく車掌の声に反応してしまったようだ。

車内は相変わらず混んでいた。ラッシュのピークを越えたところで、身動きできないほどではないが、出口へ向かうには人をかき分けなくてはならない。今しも一人の若い女性が、「降りまーす」と言いながら身をくねらせて、章一の前を通って行った。

その女性の顔を見て、章一は「おっ」と思った。車内で何度も見かけた女性だ。二十歳前後と思われ、白いブラウスに流行りのプリーツスカートというスタイル、目鼻立ちがはっきりした今風の美人である。

(こりゃあ、目を覚ましたおかげでええことがあったで)

章一は思わず笑みを漏らした。何を隠そう、最初に見かけて以来、章一はその女性にすっかりご執心なのであった。と言っても、まだ一度も声をかけたことはない。従って、住まいや勤め先はおろか、名前すら知らなかった。いつかお近づきになりたいと心では思っているものの、声をかけるきっかけにも勇気にも恵まれない現状では、それが実現するのは夢の中だけである。

その女性は、中扉へ向かっていた。章一はその姿を目で追った。そのとき、である。女性が肩から下げていた蓋のないバッグが背を向けて立っていた乗客に当たった拍子に傾き、何かがこぼれ落ちるのを、章一の目が捉えた。

財布だ、と直感した。落ちました、と反射的に声を出そうとしたが、女性は気づかないまま、電車を降りてしまった。中扉にいた車掌はあいにく、財布が落ちるのを見ていない。章一の隣に座っている乗客がその場に一番近かったが、こちらはぐっすり眠っていた。

チャンスだ、と章一は思った。あの女性に声をかける理由が、目の前に落ちてきた。財布を拾って直接彼女に手渡すことができれば、お近づきになれるではないか。彼女は車掌に定期券を見せていたから、この電車で通勤しているのは間違いない。ならば、うまくすれば明日にも会えるはずだ。いきなり声をかけたら彼女は不審な顔を向けるだろう。だが、そこで財布を差し出せば、彼女の顔はぱっと明るく輝く。まあ、ありがとうございます。どうしようと思ってましたの、助かりましたわ、わざわざ拾って届けて下さったのですから、よろしければお礼にお食事でも……。

わずか数秒のうちにそんな妄想を働かせていた章一が、さて財布を拾おうと手を出しかけたとき、さっと床にかがんで先に拾い上げた者がいた。その姿をよく見ると、かがんだ背中には黒いランドセル。小学生の男の子だ。やられた、と章一は顔をしかめた。小学生の視線は大人よりずっと低いから、いち早く気づいたのだろう。小学生なら、すぐ車掌に届けるに違いない。まさか章一がそれを横取りするわけにはいかない。甘い妄想は瞬時に音を立てて崩れ落ち、章一はがっくりとうなだれた。

だが、小学生の動きは予想とは違った。動き出した電車の中で、小学生は一瞬迷ったようだが、その財布をポケットに押し込んだ。どうするつもりだと見つめる章一には気づいていないようだ。小学生は、車掌のところに行こうとはしなかった。

「北畠ェー、です」

次の停留所に電車が停まり、扉が開いた。小学生は、扉が開き切らないうちに飛び降りた。ランドセルに結びつけた定期入れが揺れた。この近くの小学校に通っているらしい。だが、この辺りに交番はない。小学生は拾った財布を学校の先生に届けるつもりだろうか。いや、もしかして……。

「降ります！」

章一はそう叫んで立ち上がると、小学生の後を追って電車を降りた。道路を渡って細い道に駆け込むランドセルが、ちらりと見えた。駆け出そうとする章一の前を、今降りたばかりの電車が発車して横切る。一七七という番号が、章一の目の前を流れていった。

電車が通り過ぎてから、章一は小学生の入った道へ駆け込んだ。だがその道には何人もの小中学生が登校のために歩いており、財布を拾った小学生がどの子なのか、もうわからなくなっていた。章一は唇を噛んだ。あの小学生、ネコババするつもりなんやろか。そうやとしたら、放っておけん。

章一は登校していく小学生たちの列を見ながら、決意した。あの小学生を捕まえて、ネコババしたのか確かめる。そうだったら財布を返させて、警察沙汰にならんよう彼女に返したらないかん。間違った道へ足を踏み込む小学生を、救ってやらないかんのや。

実は財布を取り戻して彼女に自分が手渡し、事情を話してお近づきになろうという下心を自分でごまかしているのだが、それは置いておいて、章一は月光仮面にでもなったつもりで腰に手を当て、ぐっと胸を張った。

「ああ、その子か。うん、知ってるで。通学定期で住吉公園から乗って、北畠で降りるんや。越境通学、ちゅうやつやな。え？　名前？　そんなん知るかいな。お前、その子に何ぞ用事があるんか」

「あ、いやいや、大したこと違《ちゃ》うねん。電車で通学してる子、この辺では珍しいさかい、て思てな」

「そうか。誘拐する気やったら、もっと金持ちの家の子にしときや」

「アホぬかせ」

新世界の飲み屋で、章一はそんな与太話をしながらビールを呷《あお》った。飲んでいる相手は、中学の同級生の花田《はなだ》という男で、今は阪堺電車の車掌をやっている。たまには飲もか、と言って呼び出したのだが、目的は例の小学生の情報を得るためだった。電車通学の小学生は少ないので、車掌ならもしかしたら知っているかもと考えたのだが、正解だったようだ。

「それにしても、ここの串カツ、もうひとつやなあ」

花田は揚げた魚肉ソーセージが刺さった串を、くるくる回しながらぼやくように言った。

「やっぱりお前が作るもんのほうが、はるかに美味《うま》いで」

「当たり前のこと、今さら言うなや」

そう返しながら、章一はニヤリとした。章一の仕事は調理師。天王寺駅前のビルにある、アベノ食堂という大きな洋食レストランの厨房で働いている。花田の言葉通り腕には自信があり、歳は二十七になったばかりだが、料理長の次席みたいな役割を務めていた。

「せやけど越境通学なんかさせるんやったら、ええとこの子なんと違うんかなあ」

章一はまた話を戻した。「ええとこの子」が財布をネコババするとも思えないが。

「そら、帝塚山の私立に行ってる子やったらええとこの子に違いないけど、あれは普通の公立の小学校やで。越境する値打ちは別にないて思うけど、まあ何ぞ事情があるんやろ」

「そうか。そらまあ、そうやわなあ」

何ぞ事情、か。なるほど。

あまり深入りしても変に思われるので、この話はそこまでにした。章一の住むアパートは細井川《ほそいがわ》の停留所のすぐ近くで、住吉界隈なら歩いてもすぐだ。明日の朝、住吉公園の駅で待ちぶせしよう。

次の朝、章一は住吉公園駅のホームの隅で、あの小学生が来るのをじっと待っていた。ここは天王寺駅前から来る電車の終点で、路面電車ながら立派な屋根付きホームと駅舎を備えている。すぐ隣の南海電車の駅から乗り換えてくる乗客も多く、結構混み合っていた。幸い、小学校の登校時間は決まっているから、そう長い時間見張る必要はなかった。

思った通り、十分もしないうちにあの小学生が現れた。章一は柱の陰に身を寄せた。小学生は、章一には全く気づかぬまま停まっている電車に乗り込んだ。章一は、少し待ってから同じ電車に乗ると、小学生の後ろ姿が見える位置に立った。じっと見続けていると不審に思われかねないが、北畠で降りるのはわかっているから、ずっと見張る必要はない。

神ノ木、帝塚山四丁目と電車は進み、やがて北畠に到着した。小学生は前扉から降りた。章一は中扉から降り、小学生を追った。

「ぼく、ちょっと待ってんか」

東にある小学校へ向かう細い道に入ったところで、章一は小学生を呼び止めた。小学生は立ち止まり、左右を見て呼ばれたのが自分だとわかると、怪訝な顔で章一を見返した。

胸に名札が付いている。五年二組、池山典郎《いけやまのりお》、と書かれていた。いわゆる洟垂《はなた》れ小僧の悪ガキではない。ごく普通の、真面目そうな子供に見える。

「ぼく、一昨日電車で財布拾《ひろ》たやろ。あれ、どないしたん」

子供相手に小細工はいらないと思い、単刀直入に聞いた。典郎の顔が、はっきりわかるほど緊張した。

「知らへん」

さっと身を翻して駆け出そうとするところを、腕を摑んで止めた。

「何で逃げるんや。財布、どこへも届けてへんのか」

「そんなん知らん。そんなもん、拾てへん」

「嘘言うたらあかん。ちゃんと見てたんや。何で嘘言うんや」

「知らん言うたら知らん。離して！」

典郎は、腕を振り、大声を上げた。通行人や他の小学生が振り向いて、何事かとこちらに視線を向けてきた。中には、非難するように睨んでいる目もある。

「ちょっと助け……」

通行人に救いを求める気か、典郎がまた大声を出そうとしたので、思わず手を放した。自由になった典郎は、だっと駆け出した。追おうと一歩踏み出しかけたが、周囲の視線に止められた。下手をすると、誘拐犯か何かに間違われかねない空気だった。章一は仕方なく、踵《きびす》を返した。あまり手間取って職場に遅れてもまずい。

（いったい何やねん、あの子は）

あの様子では、財布をネコババしたのは間違いないだろう。だが、どうして。章一は首を捻った。終戦直後は食うために悪さをする戦災孤児などが多くいた。戦後十四年、今はもうそんな時代ではない。もちろん家が貧乏で困っている子供はいるが、あの典郎という子は服装もちゃんとしているし、通学定期で子供を通わせるなら困窮していることはあるまい。

何ぞ事情があるんやろ。昨夜の花田の言葉が甦った。花田は財布の一件を知ってそう言ったわけではないが、章一にはどうにも典郎の態度が解せなかった。


その夜、十時半。章一は残った片づけと掃除を若い連中に任せ、店を出た。今日はもう、細井川のアパートへ帰るだけだ。天王寺駅前の電車乗り場に向かいながら、章一は典郎のことをまた考えていた。さてどうしたものか。今朝と同じことをして捕まえようとしても、向こうも警戒しているだろうから顔を見た途端、逃げられるだろう。それを追い回すのは憚《はばか》られる。こっちが悪いことをしているわけではないが、警官に見られたりすると説明が厄介だ。財布はどうなったのか。中身を盗って捨ててしまっていたら、典郎がネコババしたのを証明するのは難しい。だが、何となく金目当てではないような気がしていた。

そんなことをつらつらと考えながら電車に乗り込んだ。もう時間が遅いので、車内はすいている。座席に座って揺られていると、少し眠くなってきた。

うとうとしかけたとき、ぼんやり目に映ったものを意識して、思わず目を見開いた。間違いない。財布を落としたあの女性だ。窓の外を見ると、姫松だった。ここで乗ってきたのだ。今日は一昨日と同じスカートだが、ブラウスは水色だ。彼女も仕事の帰りなのだろう。遅くまで残業していたせいか、疲れた様子で空いていた章一の斜め向かいの席に腰を下ろした。

どうしよう、と章一は考え込んだ。これは千載一遇のチャンスではないか。このまま乗っていれば、彼女がどこで降りるのかはわかる。降りてから呼び止めて、財布と典郎のことを話そうか。いや、怪しまれて逃げられるか。そもそも、話した後どうするのか……。

眠気はすっかり吹き飛んだ。その女性は、章一が胸の中で煩悶《はんもん》していることなど露知らず、ただぼんやり座っている。

「住吉、住吉ィー。我孫子道、浜寺方面と恵美須町方面は、お乗り換えです」

細井川へ帰るには、ここで浜寺方面行きに乗り換えなくてはならない。ちらっと彼女を見ると、幸いなことに彼女も席を立った。他の乗り換え客と共に電車を降り、浜寺方面行きのホームへと歩く。この場では、声をかける決心はつかなかった。

浜寺行きの電車は、すぐに来た。こちらも混んではいない。彼女に続いて章一も乗り、空いた席に座る。彼女の席とは少し離れたが、立っている客がいないので充分様子は見える。

二つ目が細井川である。章一は腰を浮かしかけたが、彼女は動かない。章一は降りるのをやめた。やはり、この機会を逃す手はない。降りたところで彼女を捕まえよう。

次の安立町《あんりゅうまち》で、彼女が動いた。なんだ、隣の停留所だったのか。意外な近さに、章一はこれも幸運かと思いつつ立ち上がり、扉に向かった。

彼女は前扉、章一は中扉から降りた。他に降りた客はいない。このあたりは路面ではなく専用軌道なので、ちゃんとした鉄道並みにホームがあり、踏切もある。彼女はホームを降り、踏切を渡って海側へ歩き出した。もう躊躇《ちゅうちょ》しているわけにはいかない。章一は後ろから近づき、勇気を振り絞って声をかけた。

「あ、あの、すんません」

彼女はびくっとして立ち止まり、振り返った。不審げな表情を浮かべている。まあ、こんな夜遅くに道で男から声をかけられたら、誰でもそんな顔をするだろう。

「いえその、怪しいもんやありません。その……一昨日、電車で財布を落としはりませんでしたか」

意気が萎《な》えそうになるのを叱咤《しった》して、何とかそう言った。有難いことに、彼女の顔色が明るく変わった。

「あ、そうです。もしかして、拾うてくれはったんですか」

「い、いや、そうやないんです。実はですね……」

彼女の期待を裏切るのは申し訳ないが、ここは正直に説明するしかない。章一は、ときどきつっかえながらどうにか一部始終を話した。

「え、そしたらその小学生の子が、うちの財布を持って行ったて言わはるんですか」

彼女の顔が、また不審げなものに変わった。半信半疑の様子だ。これは難しいかな、と章一は思った。いきなり見ず知らずの男から、あんたの財布を小学生がネコババしたで、と聞かされたら、はあそうですか、とはいかないだろう。

「それでその、あなたは……」

あ、しまったと章一は思った。まだ名乗ってもいないのに変な話だけ先に進めては、確かに怪しいだろう。どう言ったものかと迷ったが、定期入れの中に会社から支給されたままほとんど使っていない名刺が入っているのを思い出した。

「すんません、申し遅れました。さっきも言うたように、決して怪しいもんではないんで」

急いで定期入れから名刺を出し、彼女に渡した。長いこと入れっぱなしだったので、端がよれよれになりかけているのが残念だった。

「あれ、アベノ食堂のコックさん？」

彼女は、ほっとしたような声を出した。

「うち、ときどき行ってます。あそこのクリームコロッケとかスパゲッティとか、好きなんです」

「あ、クリームコロッケは僕が作ってます。あれにはちょっと自信あるんで」

「え、ほんま？　あれ、ほんまに美味しいです」

一気に空気が和んだ。名のある店に勤めていてよかったと、章一は心から思った。

「そうですかあ。またお店に行きますね。財布のこと、教えてくれておおきにありがとう」

彼女は一礼して、去って行こうとした。いや、待ってくれ。章一は慌てて言った。

「あのっ……財布、もうええんですか、このままで」

「このままで、って」

彼女は虚を衝かれた表情になった。

「財布、戻ってこんままでええんですか」

「それは……」彼女は考え込み、ちょっと俯いた。

「ほんまは、戻ってきてほしいです。中身もやけど、あの財布、三年前にうちの就職祝いにお母さんに買うてもろたんで……難波の髙島屋で、そのときの最新の柄のを」

そうか。思い入れのある財布なのだ。だったら、なおさら放っておけない。

「取り返しに、行きませんか」

「取り返しに？」

彼女は驚いて眉を上げた。

「どうやって」

「それは……任せて下さい」

勢いで言ってしまったものの、章一に何か計画があるわけではない。ただ、このまま終わりにしてはいけないと、そう思っただけなのだ。

彼女は呆れたように章一の顔を見つめていた。だが、やがて小さく頷いた。

「ほんまに、ここで待ってたらええんですか」

「大丈夫。学校はもう終わってるから、あと十五分か二十分で来ると思います」

まだ幾分心配そうな彼女に向かって、章一は胸を叩いた。

「はあ……」

彼女は自信を見せる章一に曖昧に応じた。

彼女の名は寺内奈津子《てらうちなつこ》。姫松の停留所近くの大きな洋菓子店で働いている。アベノ食堂と同じく日曜も営業している店で、たまたま休みは章一と同じ水曜日だった。それが、今日である。二人が立っているのは、阪堺電車上町線の住吉公園駅のすぐ外だった。

奈津子を呼び止めた夜、名前と連絡先を聞いた章一は、翌々日、夕食時間の準備が始まる前に店を抜け出し、休憩時間中の奈津子に会って、今日の計画を話した。と言っても、二人が休みの日に学校帰りの典郎を待ち伏せして捕まえ、問い詰めるという簡単なものだ。それ以上複雑なことは章一も考えつかないし、その必要もあるまいと思っていた。さすがに財布の持ち主本人から追及されれば、観念するだろう。思い通りになる保証はないが、章一の受けた印象では、典郎は平然としらを切りとおすほどひねくれてはいないはずだ。

奈津子は計画を聞いて考え込んでいたが、結局話に乗った。休みが同じだったのは、つくづく幸運だと章一は思った。それは今後、章一が奈津子をデートに誘う際にも非常に有利だ。章一は明るい未来を思い描いて鼻の下を伸ばした。

天王寺から来た電車が入ってきた。まだ新しい車だ。章一は電車の形式など全然知りはしないが、それは最新の五〇一形、五〇二号だった。

乗客が降りてきたので、章一は奈津子を促して脇の電柱の陰に寄った。見た感じ、降りてくるのは十五人かそこらだろう。典郎が乗っているなら、紛れて見逃すほどの人数ではない。

「あ、いた」

章一は小さく声を出した。ランドセルを背負い、薄緑の長袖シャツに半ズボン姿の典郎が、他の乗客を追い抜いて小走りに駅から出てきた。典郎は章一と奈津子が隠れている電柱の前を駆け抜け、線路沿いの路地に入った。

「よし、行こ」

章一は奈津子と一緒に陰から出て、急ぎ足で典郎の後を追った。

典郎は南海本線の踏切を渡り、海側の家並みの中に入って行った。後ろを振り返ろうともしないので、尾《つ》けるのは簡単だった。

「ちょっと、ぼく！」

人通りがないことを確かめてから、章一は後ろから声をかけた。典郎がびくっとして立ち止まり、振り向いた。

「ええか、ぼく。あの財布はな、このお姉ちゃんの……」

言いかけた途端、典郎が前に向き直って走り出した。

「あ、こら、待て！」

大失敗だ、と章一は顔をしかめた。声をかけるより先に捕まえるか、奈津子と挟み撃ちにして逃げられないようにしておくんだった。あまりに考えのない安直なやり方で、奈津子に呆れられたのではと気が気ではなかった。まずはとにかく、典郎を捕まえねば。

大人の足なら追いつける、と思ったが、距離が短すぎた。典郎は最初の角を曲がった。

章一が続いて曲がってみると、典郎は一軒の家の玄関の戸に鍵を差し込んでいた。

そこが典郎の家なのだろう。典郎は戸を開けて家に飛び込み、首を突き出してこっちを見ると、すぐに戸を閉めた。章一は戸に飛びついたが、その前に典郎は中から鍵をかけていた。

「おい、ちょっと！　開けんか！」

章一は戸を揺さぶってばんばんと叩いた。そこへ奈津子が駆け寄った。

「待って。そんなことして、ご両親が出てきはったら何て言うの」

うろたえ気味の奈津子に、章一は安心しろと笑みを向けた。

「大丈夫。あの子、自分でポケットから鍵出して玄関を開けよった。親は留守なんや」

言われて奈津子は、ああ、と納得した。

「せやけど……どうしますん。あの子が戸を開けるまで、ここで押し問答するん？」

「いや、それは……」

確かにそういうわけにもいかない。あまり騒ぐと近所の人が出てくる。家に逃げ込まれたのは、どうにも具合が悪かった。

さらに五、六回戸を叩いてから、章一は一歩引いて改めて家を眺めた。戦前に建ったらしい、板壁の小さな家だ。二間と台所くらいの借家だろう。とても裕福そうには見えないが、家は傷んでいないし周りもきちんと掃除されている。困窮している様子ではない。そう言えば典郎の着ていたシャツも、小洒落《こじゃれ》た新しそうなものだった。

「今日は諦めます?」

　奈津子が仕方なさそうに問いかけてきた。だが、章一はかぶりを振って通りの先を指差した。

「あそこ、住吉公園ですやろ。あの木の陰で待ちましょ」

「え、待つって……」

「心配いらん。相手は子供です。しばらく放っといたら、諦めて帰ったて思て、遊びに出てくるやろ。なあに、あの子もそう長いこと辛抱でけへんやろから、せいぜい十分か二十分待ったら済みますて」

　奈津子はわかったようなわからないような顔をしたが、乗りかかった船と思ったか、章一に従って公園へ向かった。

「あの子……どういう子なんやろか。そんな悪そうな子には見えんかったけど、何でうちの財布なんか」

　木陰に陣取った後、奈津子が呟いた。それに関しては、章一にもまだ答えはない。

「まさかと思うけど、親の差し金かな」

　奈津子は賛同しなかった。

「子供に泥棒の真似事させるような親が、定期代払うてまで越境通学させるやろか。そこまでする親やったら、悪い親やないと思います」

なるほど、一理ある。

「そしたら……本人に聞く以外にはなさそうやけど」

章一がぼそっと言うと、奈津子は溜息をついた。何だか章一は落ち着かなくなった。せっかく憧れの女性と二人で公園にいるというのに、楽しい話ができる雰囲気ではない。もっと彼女のことを知りたいが、何も切り出せなかった。章一はこんなことに奈津子を誘ったのを、後悔し始めていた。

十五分余り経った頃、戸が開けられ、典郎がそうっと顔を覗かせた。

「あ、出てきた」

奈津子が小声で言って、章一を見た。章一は頷きを返す。典郎は左右を窺って誰もいないと思ったらしく、外に出た。それから念のためかもう一度、ぐるりと周囲を見回し、木陰に身を潜めている二人には気づかないまま戸に鍵をかけ、ポケットに入れると、公園、つまり二人のいるほうへ走り出した。

章一は胸を撫で下ろした。奈津子には自信があるように言ったが、典郎が家から出てくるという保証などなかった。典郎は越境通学で学校の友達はこの辺にはいないだろうから、家に籠もって一人遊びをする可能性だって充分にあったのだ。

今度は章一と奈津子も示し合わせ、まず章一が先回りして公園の小道に入った典郎の前に立ちはだかった。典郎は思わぬ出現にぎょっとして立ち止まり、すぐに踵を返して逃げようとした。が、後ろには奈津子がいた。慌てた典郎は、左の花壇に踏み込むか、右の茂みに飛び込むか、首を巡らせて逡巡した。その間に章一が一歩踏み出し、典郎の腕を摑んだ。

「さあ、もう観念せい」

「いやや、離せ、離せって」

章一は、もがく典郎に顔を寄せて言った。

「もうええ加減にせえや。このお姉ちゃんに謝れ。謝って財布を返すんや」

典郎はなおも抵抗しかけたが、奈津子に見つめられているのに気づくと、何も言い返せなくなったようで黙ってうなだれた。奈津子は歩み寄り、かがんで視線を典郎と同じ高さにして、その目をじっと覗き込んだ。典郎はおずおずと視線を上げた。

「ぼく……どうしてうちの財布、持って行ったん？」

典郎はしばらく黙っていた。そのまま二人は待った。やがて、典郎が呟くように言った。

「……ごめんなさい」

奈津子は黙って頷いた。

「なあ、財布を拾うたんはええ。その後、車掌さんにもお巡りさんにも誰にも届けへんかったんやろ。何で自分で、持ったままやったんや」

詰問口調にならないよう注意しながら、改めて章一は問うた。

「お金、欲しかったんか」

「違う！　そんなんやあらへん！」

典郎はきっとなって振り向き、大声を出した。

「ほんなら、何や」

「それは……」

典郎はまた口籠もった。

「財布はまだ持ってるんか。どこにあるんや」

「……家にある」

「ほな、返してくれるか」

章一は有無を言わさず迫った。典郎はようやく諦めたらしく、「うん」と溜息をつくように呟いた。

章一と奈津子は典郎を挟んで家まで歩いた。典郎はもう逃げる気はなさそうだった。典郎がポケットから鍵を出して戸を開け、三人は玄関に入った。

入ってすぐの四畳半の敷居のところに、ランドセルが投げ出してあった。家の中には、やはり誰もいる気配がない。

「お父さんとお母さんは？」奈津子が聞いた。

「お父ちゃん、仕事に行ってる。タクシー、運転してる。お母ちゃん、おらへん」

章一と奈津子は、思わず顔を見合わせた。何となく予想していなくもなかったが、どうやら父子家庭らしい。典郎はランドセルを摑むと、蓋を開けて中に手を突っ込み、財布を引っ張り出した。

「何や、そこに入れてずっと持ち歩いとったんか」

章一がちょっと驚いて言った。典郎はそれには答えず、財布を持った手をぐっと奈津子へ差し出した。

「これ。ごめん」

「おおきに。ありがとう」

「いや、お礼言うとこやないやろ」

章一はそう言ってみたが、逆に奈津子に睨まれてしまった。

「それで、ぼく……やないわ、典郎君。このお財布、何でずっと持ってたん。何かわけあるんと違う？　聞いてもええ？」

「それは……」

典郎は奈津子から目を逸らし、少しの間考え込むように黙っていた。そして、ぼそぼそと言った。

「お母ちゃんの財布と、同じやったんで……」

「え？　お母さんの財布？」

奈津子は驚いて問い返した。

「お母さんは、どうしはったん？」

「お母ちゃん、僕が一年生のときに出て行った。それっきり」

「まあ……」奈津子の顔が曇った。

「お母ちゃんが持ってた財布、お姉ちゃんのと同じやってん。それで、つい……」

典郎は俯き、唇を噛んだ。

「そうやったん。お母さんのこと思い出して、つい持ってきてしもたんやね」

典郎は床に視線を落としたまま、頷いた。奈津子は目を潤ませ、典郎の手を取った。典郎が驚いたように顔を上げた。

「うん、わかった。お母さんの思い出の代わりになるんやったら、それ、持ってて」

「せやけど……」章一が言いかけるのを、奈津子は止めた。

「うちはええの。財布は、また買うたらええんやし」

「ほ、ほんまにええの」

まだ目を丸くしている典郎が、再度尋ねた。奈津子は微笑んだ。章一はそれを見て、胸がときめいた。慈母の如き微笑み。綺麗なだけやなくて、優しい子なんや。俺の目に狂いはなかった……。

だが、と章一は襟を正した。それでもけじめはつけておかねば。

「よし、わかった。けど、中身は返さなあかんで」

「中身？」一瞬典郎はきょとんとしたが、すぐに「ああ」と応じて財布を開けようとした。

「あ、中身もええよ。そのまま持ってて」

奈津子が慌てて手を振った。章一は、「え？」と首を傾げた。

「それはあかんて。こういうことはきっちりしとかな」

真顔で奈津子に言った。

「中は、見たんか」典郎に尋ねる。

「うん、見たけど……」

「それやったらなおさらや。お前が金目当てでこれを持って行ったんやない、て証明するためにも、ここで中身を返さな」

「ああ、うん、そうやね」典郎は素直に返事した。

「いや、ええって、ほんまにもう」

なぜか奈津子は遠慮を続けていた。章一は構わず典郎に財布を開けさせ……一瞬、言葉に詰まった。

「あ、あー、これ……」

「そやから、もうええって言うたのに」

財布の中には、十円玉二枚と五円玉一枚、一円玉二枚しか入っていなかった。

「お給料日前やったから……」

「二十七円……」

奈津子は真っ赤になった顔を手で覆った。

「あかんがな、お姉ちゃんに恥かかしたら」

典郎が章一を小突いた。

「もし千円とか二千円とか入ってたら、恐ろしゅうてよう持ってへんがな」

「あー、うん、それもそうやな」

って、納得してどうするんや。しかし、確かにこの金額では、ネコババの罪悪感も薄れてしまったのかも知れない。

「ごめん、いらんことした」

章一が頭を掻いた。それを見て奈津子が吹き出し、典郎もつられたように笑った。

結局、奈津子は二十七円を受け取った。典郎は奈津子に「おおきに」と言ってから、財布と奈津子を交互に見て、その後どうしていいかわからないような様子だった。章一はそんな典郎の脇に立つと、肩に手をのせた。

「なあ、お父ちゃんは帰り遅いんか」

「えっ」父親に告げ口されると思ったか、典郎は顔を強張らせた。

「心配すな。お父ちゃんに言う気はない」

章一が笑いかけると、典郎は安心したらしく肩の力を抜いた。

「いやな、もう夕方になるけど、晩飯とかどうしてるんか、思てな」

「ああ、今日は自分でうどん炊く。結構やってるんや」

「え、自分で作れるん。偉いねえ」

奈津子が感心したように言うと、典郎は得意げな顔をして台所を指した。

「そんなぐらい、できるわ。うどんつゆは、隣のおばちゃんに作ってもろてあるし」

「ほな、毎晩自分で作るんか」

「ううん、お父ちゃんが遅番のときだけ。それにときどきは隣のおばちゃんとこで食べさしてもろてる」

「ああ、そうなんか」章一は少し考えてから、典郎の肩をぽん、と叩いた。

「おい、どや。コロッケ、食いたないか」

「え、コロッケ?」

典郎の目が輝いた。コロッケが嫌いな子供は、まずいない。

「よし、俺が食わしたろ。一緒に来るか」

「え?　ほんまに?　買うてくれるん?」

「買うんやない。俺が作って食わしたる」

「えー、そんなん……作れるん？」

一杯食わされたかと疑わしげな顔になった典郎に、奈津子が笑って言った。

「このお兄ちゃんね、食堂のコックさんやの」

「コックさん？」

典郎は目を丸くして、章一を上から下まで眺め回した。

「何やお前、疑っとるんか」

「いや、そうでもないけど……でも、何で」

「お前、正直に財布返したからな。褒美や」

それを聞いた奈津子は、振り向いて章一の顔を正面から見た。目に、賞賛が浮かんでいる。章一はふわりと浮き上がったような心持ちがした。

「ほんまに、構へんの？」

奈津子が気を遣って問いかけたが、章一は任しとけとばかりに胸を叩いた。

「うわあ、よかったなあ。このお兄ちゃんのお店のコロッケ、とっても美味しいんやで」

奈津子も典郎と同じぐらい嬉しそうな声を出した。どうやら奈津子の信頼を得られたらしい。章一は顔が熱くなった。

「お姉ちゃんも一緒？」

典郎はそれを期待したようだが、奈津子はかぶりを振った。

「お姉ちゃん、今日は晩ご飯までにおうちに帰らんとあかんの。また今度ね」

典郎は明らかに残念そうな表情を見せた。章一も残念ではあったが、奈津子が今夜夕食までに家に帰りたい旨は最初から聞いていた。それで、典郎だけを誘ったのだ。

「よし、ほな行こか」

典郎が元気よく「うん」と頷き、奈津子は先に外へ出た。それを見て章一は、家の鍵を取ろうとした典郎に顔を近づけ、「財布も持ってこいよ」と囁いた。典郎はちょっと怪訝な顔をしたが、言われた通り奈津子に貰った財布をポケットに突っ込んだ。

「あー、おい、先に電車の駅まで行っといてくれ。ちょっとお姉ちゃんと話してから行く」

戸締まりを終えた典郎に、章一はそう声をかけた。言われた典郎はまた怪訝な顔をしたが、二人の顔を見比べてから「ははあ」と首を捻ってニヤリとした。それから、「ほな先に行っとくわ。ごゆっくり」と言い置いて、駆け出した。

「何やあいつ、ごゆっくりて」

見透かされたのを照れ隠しするように章一が呟き、奈津子がふふっと笑った。

「え……えっと、あの……」

奈津子に向き直った章一は、さて思っていることを切り出そうとしたが、汗が噴き出してきた。奈津子は微笑みを浮かべて待っている。いかん、ちゃんと喋らんと。

「つ、次の休みやけど……何か予定あるん」

「ううん、別にないけど」

「そ、それやったら、映画とか……行けへん？」

うわ、言うてしもた。嫌がられたらどないしよ。いや、何やってんねん。俺は二十歳前の学生か。もっとどっしり落ち着かな……。

「うち、『尼僧物語』が見たいて思てたんやけど、構へん？」

「え？　あ、ああ、ヘップバーンかいな。も、もちろんええで」

本当は西部劇のほうが好きなのだが、そんなことはどうでもいい。舌がもつれそうになっている章一に、奈津子は明るく言った。

「よかった。ほな、楽しみにしてるわ」

天にも昇る気分で待ち合わせの場所と時間を決めると、典郎君が待ってるから早う行ったげて、と促され、章一は、ああそうやったと頭を掻きながら、名残りを惜しみつつ駅へと歩き出した。途中で忘れずに振り返り、奈津子に大きく手を振った。

「おう、待たしたな」

住吉公園駅のホームで声をかけると、典郎は振り向いて、うん大丈夫と返事した。その手に通学定期券が入った定期入れがあるのを見て、ふと気になっていたことを思い出した。

「ところでお前、何で普通の公立の小学校に越境通学なんかしてるんや。この辺の小学校では具合悪いんか」

「うん、もともと北畠の辺に住んどってん。お母ちゃん出て行ってから、何かいづらいてお父ちゃんが言い出して、こっちへ住み替えたんやけど、友達もおるのにわざわざ転校せんでもええやろ、てお父ちゃんが越境の手続きしてくれた」

「ああ、そういうことか」

やはり、悪い親父ではなさそうだ。それでも母親とうまくいかなくなった、というのだから、夫婦とは難しい。

ほどなく折り返しの電車が入ってきた。その電車を見て、典郎が急にはしゃぎ声を上げた。

「やった！　また新車や。今度は五〇一号や」

そう言えば、さっき典郎が降りてきたのは五〇二号だった。

「お前、電車好きなんか」

「うん」

典郎は顔いっぱいに笑みを浮かべた。男の子はたいてい乗り物が好きだが、電車の型式を認識しているというのは、結構本格的かも知れない。

「今日は新車に乗るの二回目や。ついてるわ」

「もしかして、将来運転士になりたいとか」

「うん」少し照れながら典郎が頷いた。章一は「そうか」と頷き返し、二人並んで五〇一号に乗り込んだ。

「実はな……俺も、ここの電車にはちょっとした縁があるんや」

座席に座ってから章一はそんな話を始めた。

「え、ほんま？　どんなこと」

典郎は少なからず興味を引かれたようだ。

「うん。俺、生まれてすぐにお父ちゃんとお母ちゃんと阪堺電車に乗ったんや。もちろんそれが、俺の電車の乗り初めやったんやけどな。そしたら、発車待ちの間にその電車の運転士さんが声かけてきて、生まれて初めての電車ですな、この電車も今日初めてお客さん乗せますんや、て言われたんやて」

「へえ、その日に初めて使われた新車やったんや」

「そうや。それで縁起のええ話や、て、お父ちゃんもお母ちゃんも嬉しゅうなったらしくて、俺が大きゅうなってから何べんもその話しとったわ」

「ふうん」

「ところでお前、お姉ちゃんの財布拾うた電車、何号やったか覚えてるか」

「えっ」不意打ちを食らって、典郎は戸惑った。

「ええっと、一六一形やったのは間違いないけど、何号やったかまで覚えてへんわ」

「あれはな、一七七号やったんや」

「一七七号？　よう覚えてたんやね」

そこで典郎は、あっという顔をした。

「もしかして、お兄ちゃんが生まれて初めて乗った、いうのも一七七号やったん？」

「その通りや」章一は微笑んで腕組みをした。

「不思議な縁やで。やっぱりあの運転士さんが言うたように、俺には縁起のええ電車らしいわ、一七七号は」

「へえー、そらすごいなあ」

典郎は素直に感心して、章一を見つめた。そんな典郎の顔が、向かいの窓から差し込んだ夕陽で輝いていた。


「さあ、どこでも好きなとこ座れ。十五分ほどで作ったるからな」

ビルの守衛に鍵を開けてもらい、定休日のアベノ食堂に入った章一は、典郎に並んだテーブルを指差してから、ロッカーに向かった。どうも勝手が違うらしい典郎は、とりあえず手近の椅子に座ったものの、すぐまた立ち上がって落ち着かなげに四方に目を動かしている。

章一は調理師の白衣を羽織って厨房に入ると、冷蔵庫から材料を取り出した。手順は毎日何十回も繰り返しており、考える必要もない。フライヤーに点火し、流れるような手つきでベシャメルソースを仕立てる。典郎が厨房を覗き込み、半ばぽかんとしてその手際を眺めていた。

「ええから座っとけ」

章一にとがめるように言われた典郎は、あわてて厨房のすぐ前にある席に座った。

コロッケの揚がる心地いい音が、厨房から店内へと伝わった。典郎は、テーブルに乗り出さんばかりにしている。勝手に店の食材を使ったのはよくないが、代金を自腹で払っておけばそううるさくは言われない。章一は揚げたてのクリームコロッケを二個、皿に盛り、トマトソースをかけてコールスローと温野菜を添えた。メニュー通りのコロッケのできあがりだ。ライスは炊いていないから、パンを付けた。

「よし、できたで。熱いから慌てんと食えよ」

そう言っているのに典郎は大喜びでかぶりつき、たちまち「あちっ！」と叫んで箸を落とした。

「アホやな。せやから言うてるやろ。コロッケは逃げへんから落ち着け」

典郎は頭を掻いて箸を取り直した。

「兄ちゃん、これ、むちゃくちゃ美味い。こんなん初めてや」

目を見開いて感激したように言う典郎に、章一は「せやろ」と満足げに応じた。

「ジャガイモと違うんでも、コロッケなんやなあ」

「これがクリームコロッケ、ちゅうやつや。気に入ったんなら、また食わしたる」

「ほんま？　何回でも食いたいわ」

こんなものを簡単に作れる章一に、典郎は尊敬の眼差しを注いでいる。章一は鷹揚に「そうか」と言って胸を張った。よし、本題に入る頃合いだ。章一は椅子を引き、典郎の向かいにどすんと腰を下ろした。

「さてと。ほな、ちょっと話《はなし》しよか。男同士の話やで」

「え？　何？」

口元についたトマトソースを拭《ぬぐ》った典郎が、訝しげな顔をした。章一はその典郎の顔を、じろりと睨んだ。

「正直に言え。あの財布がお母ちゃんのと同じやった、ていうのは嘘やろ」

「えっ、何でそんなこと言うのん。嘘と違うて」

典郎は見てはっきりわかるほどうろたえた。

「とぼけてもあかん。お見通しや」

章一はニヤリと笑い、「何で……」と言いかける典郎を手で制した。

「ええか。奈津子姉ちゃんはあの財布、三年前の春にお母さんから買うてもろたんや。髙島屋で買うたその春の新作やで。お前、五年生やろ。お母ちゃん一年生のときに出て行って、それきりやて言うてたな」

「あ……」典郎の顔が、しまったという表情になった。

「気ぃついたか。四年前に出て行ったお母ちゃんが、三年前に売り出された財布、持っ
ったわけがないやろ」

典郎は顔をしかめ、しもた、と声を漏らした。

「それからもう一つ。お母ちゃんとそれっきり、いうのも嘘やな」

今度は典郎も仰天したようだ。図星か、と思って章一はほくそ笑んだ。

「な、何でわかったん」

章一は黙って典郎のシャツを指差した。

「お前の着てるその薄緑の小洒落たシャツ。そんな安物やないな。男親ちゅうのはな、子供服なんぞに疎《うと》いし、なかなか気が回らん。そんな粋なシャツ買《こ》うたるのは、やっぱり母親や。違うか?」

完全に見抜かれたとわかって、典郎はがっくり肩を落とした。

「そやねん……二月《ふたつき》か三月《みつき》に一回くらい、会うてるねん。ときどき、何か買うてもろてる」

「やれやれ、お母ちゃんの思い出、が聞いて呆れるわ」

章一は腕組みし、大袈裟に溜息をついてみせた。

「そんなら、何で奈津子姉ちゃんの財布を持って行ったんや」

「それは……」

典郎は視線を下げたまま、もじもじしている。章一はそれを見ながら先を続けた。

「当てたろか。お前、その財布を直接奈津子姉ちゃんに届けて、仲ようなりたかったんやろ」

「えっ……」

典郎がぱっと上げたその顔が、真っ赤になっていた。

「ははあ、わかりやすい奴っちゃ。よし、全部吐いてまえ」

章一はニヤニヤ笑いを浮かべて駄目を押した。典郎は観念したようだ。

「あ、あの人、綺麗やったし……ちらっと定期見たら、家も近そうやったし、それに優しそうな感じやったんで……僕、その……お嫁さんにするんやったらあんなお姉ちゃんがええな、て思て、つい……」

「はあ、そんなこっちゃと思たわ。このませガキめ」

章一は笑いながら典郎の頭をはたいた。

「もしかして、若いときのお母ちゃんに似とったりするんか」

「まあそれも……あるわ」

典郎は頭をおさえて照れ笑いした。

「それに、あのお姉ちゃん、姫松《ひめまつ》の大っきなケーキ屋さんに勤めてるから……」

「はあ？　色気に加えて食い気もか。お前、あわよくばケーキのおこぼれにあずかる気やったんかいな」

ませた子供だと思ったが、このあたりはやはり小学生だ。章一は吹き出した。

「そんなに笑わんでもええやろ。兄ちゃんかて、一緒やんか」

「一緒て、何や」

「兄ちゃん、奈津子姉ちゃんと前からの知り合いには見えへんかったで。兄ちゃんも、僕と財布のこと使って、奈津子姉ちゃんと仲ようなろうとしてたんやろ」

「あちゃ、ばれとったか」章一は自分の額を叩いた。

「ま、そういう意味では、お前と俺は同じ穴の狢《むじな》、ちゅうことやな」

「おなじあなのむじな、って何？」

「似た者同士、ちゅうことや。よし、ここからほんまに男同士の話やぞ」

章一は顔を引き締め、ぐっと乗り出した。典郎も身構える。

「典郎、奈津子姉ちゃんは俺に譲れ。ほんで、財布もこっちに返せ。その代わり、ほんまのことはお前の親にも奈津子姉ちゃんにも、黙っといたる。あと、たまにコロッケも食わしたる。どや」

「うーん」

正面から持ちかけられた典郎は腕組みし、真剣に考えているような顔をした。

「わかった。その話、乗るわ」

もったいをつけて頷いた典郎は、ポケットから財布を出すと、章一に手渡した。

「ほんま言うたら、困っててん。何で財布を持ってったんか聞かれて、とっさにお母ちゃんのこと絡めた嘘言うたら、お姉ちゃんえらい真剣になってくれて……悪いと思たんやけど、引っ込みがつかんようになってしもて」

「呆れたもんやな。とにかくこの財布、奈津子姉ちゃんにとって大事なもんや。俺がうまいことごまかして返しとくわ」

「うん、そないして。それで、どうなん。兄ちゃんは奈津子姉ちゃんとうまいこといきそうなん?」

「えっ……、そ、そらそうやがな。いらん心配すな」

章一は自分でもわかるほど顔が赤くなり、それを見て典郎がニヤついた。

「ま、幸運を祈るわ」

「アホか、ませガキ」

それから二人は、冷蔵庫から章一が出してきたジュースをコップに注ぎ、兄弟分の盃を交わすように乾杯した。

第四章　二十五年目の再会

——昭和四十五年五月——

大阪が一番賑やかやったんは、やっぱりあのときかなあ。そう、万博のときや。万博会場は遥か北のほうやのに、わしらの周りもそこらじゅう万博のステッカー貼られて、耳にタコができるほど三波春夫《みなみはるお》のあの歌聞かされて、とにかく大阪中が沸いとった。あれは何やったんやろ。高度成長の総決算やったんか、この国がこれから外へどんどん出て行って稼ぎまくるで、ちゅう景気づけやったんか。まあ、そうやな。お祭りやった、ちゅうことだけは間違いないわ。誰も彼も、前しか向いとらんかった時代の、最後の大祭りや。

けど、わしらにとっては厳しい時代に入ったんや。何せ、車が増えてしもてなあ。専用軌道のとこはええけど、路面に入ったら右折車に邪魔されるし、平気で電車の前に割り込んで走りよるし、おまけに渋滞に巻き込まれてにっちもさっちもいかんようになる。わしらも排気ガスまみれになって、なんぼ洗うても追いつかん。大阪市電はとうとうなくなってしもた。あれだけぎょうさんの電車、走っとったのになあ。車の邪魔や、言うて、薄情なもんやで。わしらも、いつ自分の番が来るかて、ずっと落ち込んどったんや。幸い、そうはならんかったけどな。

何やかんや言うても、車は排気ガス出すしガソリン食うしな。それを思たら、レールの上しか走れんで融通は利かんけど、ガスも出さんしガソリン入れんでもええわしらのほうが、ずっとええやろ。せやのに、あのオイルショックちゅうやつが来るまでそれに気がつかんのやから、ほんまに人間ちゅうんは頭がええんか悪いんか……。

見られている、と中崎信子《なかざきのぶこ》は思った。いや、男から、ではない。こんな地味な、五十歳近いオバハンを好き好んで見つめる男なんか、いるわけはない。こっちを見ているのは女だ。ここ、天王寺駅前の横断歩道の向こう側。向き合って、同じように信号待ちをしている自分より少しだけ若い、中年の女。

通りには車が溢《あふ》れ、渋滞で排気ガスの匂いが立ちこめていた。その女の視線は、排気ガスの霧を通してじっとこちらに注がれ、ぶれずに固定したままだ。釘づけ、と言ってもいい。思わず視線を下げて、自分の服装を見た。小花柄の膝下丈のワンピースにベージュのカーディガン。初夏の装いとして別におかしなところはない。

視線に気づいたのは、ほんの十秒ほど前だ。ただこちらを漠然と見ているだけなのかも知れないが、今の自分は、他人に見つめられることがひどく気になった。気のせい、と言われればそれまでだが、違う、と感じた。

信号が青になった。待っていた人々が、一斉に横断歩道に踏み出す。こちらを見ていた女も、まっすぐ歩いてくる。一瞬、横断をやめて地下鉄入り口に向かおうか、と思った。だが、人波に押されて機会を逸した。

信子は仕方なく、一呼吸置いてから人波に従って横断を始めた。逃げ出したい、という衝動が起きたが、今変な動きをすれば周りの注目を引いてしまう。辛抱してそのまま進んだ。その女と目が合わないよう、それでいてあまり不自然に見えないよう、気を遣いながら進む。

女とすれ違った。間に二、三人がいたが、明らかに女はこっちに注意を向けている。できるだけ足早に通り過ぎた。その女のほうは、すれ違いざまに歩調を緩めたのが感じ取れた。いったい何なのだ、と信子は不安になった。まさか、追いかけてきはしないだろうが……。

横断歩道を渡り切り、百貨店の前を通って南へ歩いた。後ろから、ばたばたと走るような足音がした。背筋が凍った。あの女、わざわざ追いかけてきたのか。まさか……。

「あ、あの、すいません」

何と、声をかけてきた。思わず振り向いてしまった。間違いなく自分を見つめていた女だ。水色のスーツで手には日傘とハンドバッグ。自分よりはずっと垢抜けている。だが、見覚えはない。不安がいや増す。誰なんだ、この女は。

「あの、えらい失礼ですけど、もしかして北田信子さんやありませんか」

何ですって？　信子は目を見開いた。北田信子。結婚前の自分の名だ。

人違いです、と言ってその場を立ち去ることもできた。そうすれば、それ以上は追及できないだろう。だが、女が口にしたのは旧姓だ。ということは、結婚前の自分しか知らないのだ。ならば、問題ないのではないか……。

「どちらさんでしょうか」

こちらから問い返した。まずこの女が何者か、知らねばならない。すべてはそれからだ。

「私、上西《うえにし》……いえ、井ノ口雛子です。覚えてはりますか」

「井ノ口……さん？」

言い直したところを見ると、上西が現在の姓で、井ノ口は旧姓だろう。ずいぶん昔の知り合いということか。だが、井ノ口と言われても……いや、記憶のどこかに引っ掛かりがある。何だろう。戸惑っていると、女が笑った。

「あらぁ、ごめんなさい。いきなり名前言うても、あんな前のこと覚えてはりませんよねえ」

その言葉に、信子はますます当惑した。

「あんな前、て言わはりますと……」

「終戦のちょっと前です。私が運転してた電車に乗ってはって、空襲警報が鳴って一緒に逃げました。もう二十五年も前の話です」

「あ……あのときの運転士さん」

当惑が驚きに変わった。「電車」と「空襲警報」の言葉で、遠い記憶が呼び覚まされた。そんな体験は、確かに一度だけだ。

「まあ驚いた。でも、よう顔だけ見て私やとわからはりましたなあ」

正直、まだ半信半疑だった。この雛子は、人並み外れた記憶力の持ち主なのだろうか。

「ええ。実は……あのときのことで、ずっと気になってることがあるんです。それで、何べんもお顔を思い出してましたんで……いや、こない言われたら気持ち悪いですわねえ」

雛子はそう言ってから、ほほっと笑った。屈託のない笑みが、少しばかり癇《かん》に障った。用事があると言って突き放せばいい。頭の冷めた部分ではそう思っていた。だが、二十五年間も気になっていることとは何なのか。好奇心のほうが勝った。

「気になってることて、何ですのん」

「はあ、それですけど……」

雛子は言いながら左右を見回した。そしてすぐ、二十メートルほど先の店を指差した。

「あそこに喫茶店があります。もしお時間よろしかったら、お話しさしてもろていいですか」

信子は逡巡した。だが、やはり好奇心が勝った。それに、排気ガスが漂う路上でこれ以上立ち話するよりは、いい。

「ほな、ご一緒します」

雛子が、「いやぁ、おおきに」と嬉しそうにまた笑った。


テーブルを挟んで座り、コーヒーを注文した。店員が去るとすぐ、信子から口を開いた。会話の主導権を取られたくなかったのだ。

「今も運転士さん、ていうことはないわねえ。今は何してはるの」

「ええ、運転士は戦時中の動員のときだけです。私は、もっとやってたかったんやけど」

本当に残念そうに言って、雛子は肩を竦めた。

「今は普通の主婦です。子供も二人。上が高三で、下が高一。下が高校受験やっと終わったと思たら、上がもう大学受験でしょう。ほんま、しばらくは大変」

「お二人とも、男？」

「いえ、上が男で下が女。今日は二人一緒に友達と万博見に行く、言うて朝早うから出かけましたわ。受験勉強せなあかん、言うたら、万博のことも試験に出るかも知れん、なんて言うて。主人は休日出勤してるし、私一人でおっても、と思て、友達と難波でお昼一緒にしてましてん」

ああ、そう言えば今日は日曜日だった。ここしばらく、曜日の感覚が鈍っている。

「でも、今日は出てきてよかったわあ。こうして信子さんに会えるやなんて」

信子さんは今、何してはるん？　と聞かれる前に、本題に入った。

「それで、どんなことが気になってはったん」

「あ、そのことですけど……」

雛子はもう少し世間話を続けたそうだったが、はっきりそう聞かれて真顔になった。

「二十五年前のあのとき、信子さんは防空壕によう入らんかった。そのわけは、小さい頃に家の傍の横穴に入って遊んでたら穴が崩れて、一緒に遊んでた子がどうなったか、どうしても思い出せんから、て言うてはりました。そうでしたよねえ」

「え？　ええ、そう言うた、て思いますけど」

話の行く先が見えず、信子は眉根を寄せた。雛子は先を続けた。

「それを聞いて、きっと信子さんはその恐ろしい体験の記憶を自分で封じ込めたんや、と思いました。人間て、思い出しとうない体験をしたら、自然にその記憶をなくしてしまうことがあるんや、って聞いたことがあります」

言われて、信子もあのときの会話を思い出していた。そうだ、確かにそんな話をした。

だが、それは……。

「けど私、ほんまはどうやったんやろか、て知りとうなったんです。その一緒に遊んでた子が、どないなったか」

「え……どういうこと」

「自分でも、ほんまにお節介やと思たんですけど、信子さんの言うてはった、昔住んでた町へ行ってみたんです」

「あそこへ行きはったん？　私が住んでたところへ」

驚いて問い返すと、雛子はすまなそうに頷いた。

「そしたら、信子さんのこと覚えてはる人がおって、横穴が崩れた話もその人から聞きました。それでねえ、一緒に遊んでた子、幸男ちゃんでしたか、その子のことも聞いたんです」

「幸男ちゃんのこと……」

信子は呆然として雛子を見つめた。幼い日の記憶が、目の前に甦る。まさか雛子が、そんなことを調べに行っていたとは。

「はい。それでわかりました。幸男ちゃん、もしかして生き埋めになったんか、て恐ろしいこと思てたんですけど、違《ちご》たんです。幸男ちゃん、反対側から無事に出て、その後すぐに養子に行って、信子さんの前から姿消したんや、てわかりました。幸男ちゃん、生き埋めになったりせんかったんです」

幸男は無事だった。勢い込んでそう話す雛子に、信子は何も言えなかった。

「それで私、嬉しなって、早う信子さんに教えたげなあかん、そうしたら恐ろしい記憶も直されて、防空壕に入れるようになるかも知れん。そんなこと思たんです。それで、信子さんに会えんかとずっと探してたんですけど、信子さん、あれっきり私の電車には乗ってきはりませんでした」

「そうやったん……ずっとそれで探しててくれたん……」

信子はやっとそれだけ言った。本当に、思いもかけない話だった。だがそこで、雛子の話の調子が少し変わった。

「せやけど、ですね。それからしばらくこのことを考えてたら、何か少しおかしいような気がしてきたんです」

「おかしい？」信子は急に落ち着かなくなった。

「何で、おかしいと思いはったん」

「ええ。幸男ちゃんが無事に養子に行ったこと、近所のおばさんがよう知ってはりました。ということは、当然信子さんのご両親も知ってはったでしょうし、信子さんも聞いてたはずや、て思いました。それやったら、穴が崩れたときの恐ろしい記憶に蓋したとしても、幸男ちゃんがどうなったかまで忘れるていうのは、変やないか、て」

「ああ」そういうことか、と信子は腑に落ちた。雛子の言う通りだ。確かに幸男が無事だったことを知らないまま、というのは話に無理があった。

「もう一つ。実は私、戦後すぐに信子さんの姿、見てるんです」

「え？　私を見た？」

「終戦の翌年の、一月です。ちょうどこの辺、天王寺駅前でした。男の方と連れ立って、地下鉄の出入り口から出てきはりました。声かけようと思たけど、間に合わんかったんです」

「え、そんなことがあったん」

昭和二十一年の一月。いつ何をしたかまでは覚えていない。ただ、地下鉄には何度も乗っている。まさか、雛子が見ていたとは。

「それで、ちょっとびっくりして。信子さん、あのとき穴が崩れた体験のおかげで、デパートの地下へ下りるのも勇気いる、て言うてはりました。せやのに、笑顔で地下鉄から出てきはったから」

「そうかぁ。そんなとこ、見てはったんやね」

信子はほうっと溜息をついた。それから、深々と頭を下げた。

「ごめんなさい。私、あのとき嘘言うてました。騙すのは悪いと思てたんやけど、どうしてもわけがあって……」

「防空壕に入られへんかったんは、他に理由があったんですね。人に知られたら困るような」

雛子の顔に、何かほっとしたような表情が浮かんだ。長年気になっていたことが、やっと解決する。その安堵感からだろう。

「後から考えたら、防空壕の前に来るまで、信子さんは防空壕には入れません、ていう話をせんかった。防空壕が怖くて入れないんやったら、初めから私か車掌さんにそう言うてはったでしょう。それで思たんですけど、もしかして、防空壕の中に顔を合わせとうない人がいてるのを見つけたからと違いますか」

雛子のその話は、信子を驚かせた。何と、そこまで見抜かれていたとは。

「雛子さんの言う通りです。全部お話しせなあきませんねえ」

信子は頷いて雛子の目を見ると、あの日のことを話し始めた。

「私、兄が一人おったんです。私よりずっと頭がようて、両親も自慢にしとったんですけど頭がよすぎたんか、赤の思想にかぶれて。特高警察に目ぇつけられそうになって、隠れたんです。あのとき、兄と仲間の隠れとった家にこっそり差し入れ持って行って、その帰りやったんですよ。それが、あの防空壕の前まで行ったとき、中に刑事がおるのが見えたんです。私の家の周りを嗅ぎ回って、嫌がらせみたいなことしてた特高の刑事。兄たちの隠れ家から戻るとこで特高に顔を合わすわけには絶対にいかんかったんで、とっさに子供のときの体験を使って、話作ったんです。まあ、急場にしてはようできた話やて思たんですけど、雛子さんには見抜かれてしもた」

「やっぱり……そういうことやったんですね」

雛子は信子の告白に、何度も頷いて言った。

「戦後に地下鉄から一緒に出てきはった人が、お兄さんですね」

「その日のことは覚えてないけど、たぶんそうやったと思います」

すべての疑問が解けたのに満足したか、雛子は爽やかな笑みを浮かべた。

「お兄さんは、今どちらに」

「ああ……いえ、七年ほど前に亡くなりました。肺癌でしたわ」

「あ……そうでしたか。すみません」

雛子の顔が、翳《かげ》った。

「いいえ。私が謝らないかんのです。こんな長い間雛子さんを悩ませてたなんて、思いもせんかった。まして、確かめるために私が住んでたとこまで行ってくれたやなんて……ほんまに、申し訳ありまへんでした。今日は、ほんまにお会いできてよかった」

「私も、おかげさまですっきりしました。おおきにありがとうございます」

雛子は笑顔に戻り、ぺこりと頭を下げた。礼を言われては、恐縮してしまう。

「信子さんは、今日はこれからどちらへ？」

雛子は話を変えた。信子は一瞬、答えるのをためらった。

「え？　ええ……住吉さんへ行こかと」

「あ、住吉さんへお参りですか。私、我孫子道の近くに住んでて、今から帰りますねん。電車、ご一緒しましょか」

「はあ……ええですけど」

「よかった。そしたら、ごめんなさい、もうちょっとの間……」雛子は時計に目をやった。

「もう十五分ほどしてからで、ええですか」

十五分？　何か用事があるようにも見えないが、特に意味があるのだろうか。少し妙に思ったが、信子は雛子の言うのに従った。


それから十五分ほど、とりとめのない世間話をした。自分の暮らしや家族の話は、こちらから触れないようにした。さっきの兄が亡くなった話のせいもあってか、雛子も何かを察したようで、そのことはあえて聞いてはこなかった。

十五分を過ぎた頃から、雛子は窓の外を気にし始めた。外は阿倍野筋の通りで、人や車が切れ目なく通り過ぎ、その合間に阪堺電車も行き交っている。どうも雛子は、その電車を気にしているようだった。

二十分ぐらい経ったとき、ふいに雛子は「あ、来た」と呟くと、「お待たせしました。ほな、行きましょう」と言って伝票をつまみ、立ち上がった。何のことやらわからないまま、信子も慌てて立ち上がった。

「あ、そんなん、私が……」

財布を出しかけた信子に、いえいえもう私が、と言いながら雛子はさっさと勘定を済ませ、外に出た。信子は仕方なく「えらいすみません」と恐縮しながら財布を引っ込めた。

その二人の前を、クリーム色と緑色に塗り分けた電車がごとごとと動いていき、すぐ右手にある天王寺駅前終点のホームに入った。

「あれ。あれに乗りましょ」

雛子は今着いたばかりの電車を指差した。信子は首を傾げた。

「あれ、て……。雛子さん、もしかしてあの電車が来るの、待ってはったんですか」

「ええ、そうですのん」

「何でまた、あの電車を」

「見て。覚えてはりませんか、あの電車」

雛子は車体の緑色の部分に白く描かれた、飾り書体の「一七七」という番号を示して言った。

「一七七号。あの防空壕のとき、私らが乗ってた電車です」

「え、そうやったん」

信子は改めて電車を見た。さすがに番号は覚えていなかったが、言われてみると確かにこんな型の電車だったように思う。

「雛子さん、何時何分頃この電車が来る、て知ってはったん」

驚きを隠せずに信子は問うた。そんなことがわかるなんて、千里眼のようだと思った。

「そんな大層なことやないです。さっきこの電車をここで見たんで。ちょっとの間とは言え、運転士やってたんですよ。どのくらいの時間で折り返して戻ってくるかぐらい、わかります」

雛子は照れたように笑った。なるほど、言われてみれば簡単な話だ。

「ああ、そういうことですか」

得心して笑みを返すと、雛子に促されて通りを渡り、一緒に一七七号に乗り込んだ。

車内は思ったより空いていた。信子は車内を見渡した。外身は鉄だが、内装はほとんど木製だ。油を引いた木張りの床、木製の鎧戸《よろいど》。何年ぶりだろう、この阪堺電車に乗るのは。記憶にある車体の色は緑一色だったはずだが、いつから塗り替えたかツートンカラーになっている。

「あ、典郎君、こんにちはぁ」

雛子は、まだ二十二、三と見える若い車掌に話しかけた。どうやら顔見知りであるらしい。

「あァ、井ノ口さんとこの……毎度おおきに」

池山という名札を胸に付けた車掌は、雛子の顔を見てぴょこんとお辞儀した。

「いややわァ、毎度おおきになんて、魚屋の大将かいな。しばらくやねぇ。お父さん元気？」

「はァ、まだタクシー運転しとります。もうええ年やねんからぼちぼち引退したらどないや、言うてんのに、まだ百歳の半分超えたとこや、とか言うて。あの調子やったら百まで運転しそうですわ」

「はは、そら元気で結構や」

「せやかて、年は年ですさかい。この間も、酔っ払うた漫才師にどつかれかけた、て言うてましたし、何があるやわかりませんから」

「まァ、漫才師て誰かいな。酔っ払うて、どつき漫才の相方と間違うたんと違うか。けど、ほんまにどつかれんでよかったねえ」

信子は目を細めた。ほんまに、大阪のおばちゃんの会話やなあ。しばらく前まではそれが日常やったのに、えらい懐かしい気がするわ。自分も大阪のおばちゃんに戻って、心の中でそう呟いた。

乗客が増えてきて、典郎車掌は、ほなこれで、と言うと仕事に戻った。雛子はまた信子のほうへ向き直り、「すんません、喋り込んでしもて」と苦笑して見せた。

「前に言ったかも知れませんけど、うちのお父ちゃん、阪堺電車の古い運転士でしたんで、今でも車庫とか詰所に出入りして、若い子らと話してますんよ。家が近所なもんやから、ときどき私も付き合わされてしもて。あの車掌さんの典郎君、運転士になりたい言うて阪堺電車に入ったんですて。そやからお父ちゃんに目ぇかけられて、いろいろ教えてもろてるみたいですわ」

「それは、ええことですねえ」

「若い子にしてみたら、迷惑な爺ちゃんとおばちゃんですやろけど」

「そんなことあらへんでしょう」

信子が愛想を言うと、雛子は「いえ、ほんまに迷惑な話」と笑った。

「けどお父ちゃん、阪堺電車が好きで堪らんのよ。離れられんのやわ」

それから雛子は、車内に目を移して続けた。

「お父ちゃん、この一七七号が一番好きなんですよ」

「この電車が？」

信子はもう一度車内をざっと見てみた。何の変哲もない電車のようだが、どこかに思い入れがあるのだろうか。

「この電車が新車として入ってきたとき、初めて運転したんがお父ちゃんやったんですよ。後にも先にも、新車を一番初めに運転したのは、この一七七号のときだけ。お父ちゃんにしてみたら、生まれた赤ん坊を取り上げた産婆さんみたいな気分やったんかも知れませんねえ。我が家にとって縁起のええ電車や、とまで言い出して。言い換えたら、一七七号はお父ちゃんの息子かな」

「そしたら、雛子さんの弟さんやね」

「ほんまや。弟電車」その響きが気に入ったか、雛子はまた笑った。

「せやから、あのとき信子さんと会うたんがこの一七七号やったのは、何かの縁やと思うんです。それで私も、ずっと信子さんのこと気にしてたんかも知れません」

「電車の縁、か」

　そんなことは、考えたこともなかった。何か不思議な心地がした。そんな風に言われてみると、この一七七号電車が安心できる居場所であるような気になってくる。

　がたん、と一揺れして電車が動き出した。

「お待たせしました、住吉公園行きです。次はァー、阿倍野です」

　典郎の声が車内に響き、少しの間、会話が途切れた。

　信子はためらった。話すべきことなのかどうか。一七七号は何かの縁、という雛子の言葉が耳に残っている。やはり話そう、と思った。

「雛子さん、私もねえ、旦那がおったんよ」

　雛子が、おや、という顔になった。信子は身の上話をしたくなさそうだったのに、どうしたのかと思ったのだろう。信子はそのまま自身のことを話し始めた。

「二十年近う前かなあ。信用組合、今で言う信用金庫で働いてたとき、知り合うて。鉄工所に勤めてたんよ。スポーツマンで元気もんで、しかも真面目な人やった。鉄工所の社長さんが仲立ちしてくれて、一緒になってねえ」

「まあ、そうでしたんか。そしたら、旦那さんは……」

雛子はそこで口籠もった。信子が「おった」と過去形で言ったのに気づいているのだ。

「うん……亡くなった。一昨年の話」

「一昨年ですか……それはお気の毒に」

信子はかぶりを振った。

「ううん、ええねん。いろいろあって」

そこでまた一瞬ためらったが、すぐ思い直して先を続けた。

「鍋底景気のときに、鉄工所は潰れてしもたんよ。子供はなかったから、旦那はまあ二人やったらなんとかなるやろ、言うてね。体には自信あったから、土建会社で働くようになって、それでしばらく落ち着いとったんやけど、そこもちょっと景気悪うなって。で、茨木の建設会社へ移ったの。給料は大したことなかったけど、私が信用組合で働いてた、て聞いたそこの社長はんに、経理の事務やってくれ、て言われて」

「そしたら、同じ会社でご夫婦で働いてはったんですか」

「そう。万博が決まってから、そこらじゅうで工事が始まったでしょう。急に仕事が増えて景気はようなったけど、事務のほうが追いつかんようになったんよね」

「ああ、確かに高速道路やら地下鉄やら、工事だらけでしたもんねえ」

「でもほんまに追いつかんようになったんは、事務より現場のほうや。仕事はなんぼでもあって、お金は回ってたけど、人手が足らんで。うちの旦那も、毎晩夜中まで仕事して、それがずっと続いてた。無理し過ぎや、て言うたんやけど、そんなん言うてられへん、て。ずうっと突貫工事ばっかり。こんなんで大丈夫かて思うてたら……」

「旦那さんに、何かあったんですね」

信子は黙って頷いた。

「道路の立体交差で、足場が崩れたんよ。救急車で運ばれたんやけどかなりの重傷で。結局、十日ほど入院しただけで亡くなってしもた」

一番辛い部分は、淡々と話した。それで余計に、雛子は気持ちを察してくれたようだ。

「ひどい事故やったんですねえ……」

雛子は俯き、それ以上何も言えない様子であった。信子はさらに、できるだけ感情を交えず言葉を繋いだ。

「労災は下りたんやけど、何かその会社におるんがしんどなってしもて。旦那の葬式済ましてしばらくしてから会社辞めて、大阪から離れたんよ」

「故郷へ帰りはったんですか」

ううん、と信子はかぶりを振った。

「私、大阪の生まれやし。両親ももう亡くなってるんで、故郷も実家もないんよ。特に当てがあったわけでもないけど、金沢のほうへ行ってしばらく住んでた。けど、行ったもののやっぱり肌が合わんで、どうしようかな、て思て、いっぺん様子見に戻ったの」

「金沢ですか」

雛子は行ったことがないのだろう。遠くを見る目になった。大阪から急行で四時間ほどだが、あまり遠出しない人には海外も同じだ。

「雪が多いんでしょうねえ」

雛子のイメージする金沢は、そんな程度のようだ。信子は微笑んだ。

「冬は大変。一生分の雪、見た気がするわ」

本当はそれほどでもないが、詳しい話までする気はなかったので、雛子のイメージに合わせておいた。雛子がまた何か言おうとしたとき、典郎の声が響いた。

「北畠でェーす」

雛子が、はっとして信子を見た。信子も気がついた。

「あのとき、ここで停まって防空壕へ走ったんやね」

信子は窓の外を眺めた。今ではもうはっきり思い出せないが、街並みもあの頃とはだいぶ変わっているのだろう。

四人降り、二人乗ってきた。それ以外何事もなく、典郎が扉を閉めてベルを鳴らすと、一七七号電車はいつも通りに動き出した。目にしたもので信子の記憶に触れるものは、何一つなかった。

二十分ほどで住吉に着いた。終点は次の駅だが、住吉大社はこちらが近い。雛子も、ここで浜寺方面の電車に乗り換えなくてはならない。二人は揃って電車を降りた。雛子は典郎に軽く手を振った。

信号は青だったので、一七七号電車はすぐに動き出し、交差点を横切って家並みの間に消えた。雛子はその姿を、感慨深そうに見送った。

「ほんまに、今日はお会いできてよかった。やっぱり一七七号のお導きやったんかも知れませんねえ」

電車を氏神様のように言う雛子にいくらか困惑しつつ、信子は頭を下げて一礼した。

「そしたら、これで失礼します。ごきげんよう」

「あ、ちょっと待って下さい」

そのまま立ち去ろうとした信子を呼び止め、雛子はハンドバッグに手を突っ込んだ。引っ張り出したのは、メモ用紙とボールペンだった。雛子はその場でメモ用紙に何か書きつけ、信子に差し出した。

「これ、私の住所と電話です。よかったら、連絡して下さい。何か力になれることがあったら、いつでも言うて」

「あ、はあ、おおきに」

信子がメモを受け取ると、雛子はにっこり笑って「今日はほんまにおおきにありがとうございました」と言うと、ちょうどやってきた浜寺行きの電車に手を振り、そちらの乗り場へ歩き出した。電車に乗り込む前、もう一度振り向いて信子に礼をした。


浜寺行きの電車が行ってしまうのを見届けてから、信子は住吉大社の正面、大鳥居に向かって通りを歩き出した。電車なら大鳥居の真ん前に住吉鳥居《すみよしとりい》前の停留所があるが、浜寺方面の電車しか通らないし、わざわざ乗り換えるほどの距離ではなかった。

歩きながら、雛子に渡されたメモをもう一度見た。こちらから連絡することは、決してないだろう。そう思ったが、捨てることはできなかった。信子はそれをポケットに収めた。

大鳥居をくぐり、境内に入った。さすがにここは、記憶にある通りで変わっていない。時代の変化がまだこの中に及んでいないのを見て、少しほっとした。

本殿に向かって進むと、まず大きな太鼓橋を渡る。反橋《そりはし》とも言うそうだが、曲面になった橋は上るのも下りるのも結構大変で、特に下りるのはちょっと恐ろしいくらいだ。この橋を渡るのは、お参りするに当たって罪や穢《けが》れを祓《はら》うためだと聞いている。罪や穢れ。信子は橋の頂点に立って、ふっと皮肉な笑みを浮かべた。自分がここを渡ろうとすると、足がもつれて転がり落ちるのではないか。そんなことを考えた。なら、それもいいかも知れない。

だが、結局何事もなく渡り終えた。手順通り手水舎《てみずしゃ》で手を浄《きよ》め、玉砂利《たまじゃり》を踏んで住吉鳥居から本殿へと歩く。住吉の本殿は四つの本宮から成り、まず手前に二つ、横並びの第三本宮と第四本宮、そして第三本宮の後ろに第二本宮と第一本宮が縦に並んでいる。他では見られない、珍しい並び方だ。信子は参拝客に混じって、四つの本宮に順にお参りしていった。今日は祭事もないようだし、観光バスで来た団体客も見えない。日曜日としては静かだった。

もともと、ここへ来る気ではなかった。雛子に会ったとき「これからどちらへ」と聞かれて、つい口から出た、というのが本当だ。でも、今は来てよかった、と思っていた。子供のときから何度となく来ていた場所だ。住んでいた家はもうなく、半ば知らない町になってしまった周囲と違い、変わらぬ「住吉さん」が唯一、故郷のように感じられた。ざわついていた心が、次第に落ち着いていく。

雛子にした話には、続きがあった。

夫の事故は、起こるべくして起きた。突貫工事の連続で、安全管理など現場では二の次、三の次にされていた。危ない、と夫は漏らしたことがある。しかし、わかっていながら会社は目をつぶった。夫と自分が働いていた会社は、二次下請けだった。元請けに物申すことなど、できなかった。そして事故の原因は、元請けのミスだった。夫以外にも、大勢の怪我人が出た。

信子は、そのことを知らなかった。だがある日、用事で外出したものの忘れ物に気づいて戻ったときに、社長と専務の密談を聞いてしまった。

忘れた書類を引き出しから出して、改めて出かけようと社長室の前を通ったとき、漏れてくる話し声の中に夫の名を聞いたような気がした。それで、つい聞き耳を立てた。

「……で、桑島《くわしま》部長は承知したんですかいな」

専務の声だった。桑島というのは、確か元請け会社の工事部長だ。

「ああ。否も応もないやろ。向こうも、事故の原因は自分とこが勝手に手順変えたせいやて、わかってるんや。しかも安全基準違反、承知の上での違法行為やで。ばれたらどうなる」

「まあ、多かれ少なかれどこもやってることでっけど……事故起こしてそれが公《おおやけ》になったら、立ち入り検査は確実ですなあ。で、本気で検査されたらどんどんボロが出る」

「そや。そんなことになったら、万博会場の本体工事から締め出されるのは確実や。うちの話、呑むしかあらへん」

「ふうん、まあ、しょうがおまへんなあ。中崎には悪いけど」

中崎？　やはり夫の話だ。何が悪いというのか。

「こんなご時世や。万博の関連工事目指して、ありったけの土建屋が鵜《う》の目鷹の目で押し寄せとる。どんな手使うてでも、勝たなあかん。死人に口なし、言うたら酷やけど、中崎に全部被ってもろたら、何もかもうまく収まるんや」

「ああ、成仏してや、ほんまに……」

専務が念仏でも唱えたか、何やらぶつぶつ呟くのが微かに聞こえた。

「高和田《たかわだ》建設興業《けんせつこうぎょう》へも、しっかり根回ししとかんと」

高和田は、この会社と元請けの間に入っている一次下請けだ。

「高和田はもう了解しとる。自分とこへも火の粉がかからんようにせんとな」

「結局なんぼで話つきましたんや」

「北千里の工事と、穂積《ほづみ》の工事は高和田とうちで取る。工事代金、桑島はんとこから八パーセント積んで、高和田からそれにまた二パーセント上積みや」

「はあ、合わせて一割の上積みでっか。利益率、倍でんな。こら大きいわ」

「そやから、これは絶対に漏らしたらあかんで。あんまり無理押しすると、今度はこっちが潰されるさかいな」

はい、と専務が返事をして立ち上がる気配がした。信子は急いで外へ出た。

信子は怒りに震えた。社長と専務は、元請けのミスを夫の責任にして蓋をし、一次下請けも抱き込んで、口止め料として大型工事の受注と大幅な工事費上乗せを約束させたのだ。長い間、無理してでも会社のために働き続けたのに、社長は自分たちの利益のために夫を人身御供《ひとみごくう》に差し出した。こんなことが許されるだろうか。

当局か発注元にばらしてやろうか、と思った。しかし、証拠となるような書面などは、何もない。相手にしてもらえるとは考え難かった。ならばマスコミに、とも思ったが、この程度の話は世間にいくらでもある。高度成長のひずみはそこらじゅうで出始めていた。四日市の公害や三池炭鉱の爆発事故のように人々の注目を集める大事件でないと、マスコミは乗ってこないだろう。

考えた末、信子は自分にできることをやった。それが夫の供養になる、とは到底思えなかったが、何もしないではとても生きていられなかった。そのため、会社は辞めざるを得なくなった。それは構わない。むしろ、あんな話を聞いた以上、あの会社には金輪際勤めたくはなかった。

大阪から離れようと、金沢へ行った。雛子に言った通り、当てもないのに。とにかく、誰も自分を知らない土地へ行きたかった。両親も兄も夫も亡くなり、子供もいない信子は、天涯孤独だった。

いや、正確には違う。兄嫁と姪は健在で、兄が死んでから自分と夫はその姪を可愛がっていた。だからこそ、兄嫁と姪には迷惑をかけられない。他にも親戚がいないわけではないが付き合いは薄く、頼るべき相手ではなかった。

だが、金沢は信子の居場所にはならなかった。北陸の古都の暮らしは、余所者《よそもの》には優しくない。いつしか気が滅入るばかりになり、気づくと大阪行きの急行に乗っていた。戻っても何もない、とは承知していたのだが。

行き先を決めていたわけではない。ただどうしても、こちらに足が向いてしまった。そして偶然、雛子に会った。どうしてこんなとき、雛子に会ったのだろう。考えれば不思議だった。

最初は、面倒なおばさんだと思った。が、話を聞いてみると全く違った。自分は孤独だと思っていたのに、雛子は知らないところでずっと、二十五年間も自分のことを気にしていたのだ。そんな人がいるなんて、想像だにしなかった。

身の上を話すつもりもなかった。でも結局、話してしまった。あの一七七号電車の中で。たぶん、自分は嬉しかったのだろう。雛子が自分のことを考えていてくれたのが。

全部を話したわけではない。もし社長の企みのことまで話していたら、雛子はどう言っただろう。ごく普通の幸福な家庭にいる主婦には、思いもつかないことに違いない。怒ったろうか。ただ悲しんだろうか。そもそも、信じたろうか。それとも、まっすぐな気持ちで信子の行くべき方向を示してくれたろうか。

（いや、そんなことはもう、どうでもいい）

実は信子の中では、もう決着がついていた。「住吉さん」の境内を歩くうちに。

通りへ出て、住吉停留所のほうへ歩き出した。交差点の手前まで来たとき、「あ」と思ってその場で立ち止まった。右手の建物の陰から現れた一七七号電車が、信子の目の前をゆっくりと通り過ぎた。

（またここで、一七七号）

住吉公園終点から天王寺駅前に戻り、折り返してきたらしい。さっき降りてから、もう一時間近くが経っているのだ。

（こんな偶然って、あるのかしら）

別れ際に雛子が言った、「一七七号電車のお導き」というひと言を思い返す。二十五年前の縁だろうか。今日の自分は、本当にこの電車に導かれているようだ。そんなことを思って、信子はふふっと笑った。それから信子は横断歩道を渡って通りの反対側へ行き、住吉の停留所を通り過ぎて先へと歩いた。一七七号電車が、自分の背中を押したような気がした。

住吉警察署の前に来ると、信子はそのまま警察署の玄関を入った。ためらうことなく受付のカウンターに歩み寄る。係の警官が顔を上げた。

「はい、何か」
「私、中崎信子です」
「は?」
名乗った信子に、若い警官は怪訝な顔を見せた。せっかく名乗ったのに、意味がわからなかったらしい。信子は内心苦笑した。若い頃のものだが一応テレビに顔写真も出たのに……。

そこで、はっとした。

雛子は知っていたのだ。二十五年も気にし続け、さっきも路上ですぐ自分だと見抜いた。そんな雛子が、新聞やテレビに出た自分の写真に気づかなかったはずはない。気づいていたからこそ、信子の現在の暮らしについて、何も聞こうとしなかったのだ。信子は唇を噛んだ。なぜ自分は、それを察することができなかったのだろう。

別れ際に雛子がかけてくれた言葉が、頭に甦った。

――何か力になれることがあったら、いつでも。

信子は目を閉じた。涙がこぼれそうになるのを堪《こら》えて、もう一度丁寧に名乗った。

「中崎信子。一昨年、茨木の建設会社から一千万円横領して手配された、あの中崎です」

第五章　宴の終わりは幽霊電車

――平成三年五月――

誰も彼も、脇目もふらんと一所懸命走り回っとった時代は、いつの間にか終わってしもた。あのオイルショック、ちゅうやつが来てなあ。それで潮目が変わったんや。とにかく頑張ったら結果が出る、てみんなそう思てたのに、そんなええ話ばっかりは続かん、ちゅうことを改めて気づかされたんやなあ。いや、必ずしも悪いことやないで。ガソリンがいっぺんに高うなったおかげで、わしらの株は上がったさかいなあ。いつ廃線にされてしまうかわからんで、びくびくしとったんやけど、いつの間にか省エネや低公害や言うて、もてはやされるようになったんや。おもろいもんやなあ。

それでも世の中の景気が悪うなったら、やっぱり算盤《そろばん》は合わせないかん。平野《ひらの》へ行ってた線は地下鉄と引き換えで廃止になってしもたし、車掌も乗らんようになってみんなワンマン運転や。わしらより古い車はだんだん減ってしもてなあ。一つ先輩の一五一形も、ひと回り小さい二〇一形や二〇五形も、あれだけようけいてたのに……。

そのうち景気はまたようなって、しばらくすると年号が変わった。昭和が終わったんや。わしが生まれて半世紀以上、ずっといろんな経験してきた時代が一つ、歴史になってしもた。そういう感慨ちゅうんは、今の若いもんにはわからんかも知れんな。

せやけどあの頃は、そんな感慨に浸ってる暇がないほどけたたましい時期やったなあ。しばらく低成長時代とか何とかで、もったいないとか節約せな、と皆で口を揃えて言うとったのに、その反動もあったんかも知れんな。みんな、聞いたことあるやろ。バブル、ちゅうやっちゃ。

ほんま、もう無茶苦茶やったわ。土地の値《ね》ぇは月まで届くかて思うくらい跳ね上がったし、アホみたいに高いブランドもんが飛ぶように売れて、夜中まで飲んで騒いで、帰りのタクシーは一万円札振り回して奪い合いや。

まあ、わしらは横目で見てるだけやったけど、おかしな世の中やったなあ。どんなに景気ようても、どんなに儲けても、いつか終わりは来る。そんなこと、オイルショックになったときに充分わかっとったはずやのになあ。案外、人間ちゅうんは、学習するんが苦手なんかも知れへんなあ……。

アユミは、その客の顔を見てギクリとし、今しも客のグラスに注ごうとしていたカティサークのボトルを、傾けかけたまま止めた。

（あいつだ……）

五十前後と見える中背小太りのその客は、黒服に案内されて斜め奥の八番のボックス席に鷹揚な動作で腰を下ろしたところだった。少し薄くなりかけた頭髪をオールバックに撫でつけ、金縁の眼鏡にグレーのピンストライプのスーツ。タイピンはパール。腕時計はロレックスに違いあるまい。いかにも金回りがよさそうなステレオタイプ。近頃の夜のクラブでは、しょっちゅう見かけるスタイルだ。新地の高級店なら成金扱いでそう大きな顔もできまいが、この阿倍野のクラブでなら、そこそこいい格好はできるだろう。

「ん？　アユミちゃん、どうかしたん」

「え？　あ、ごめん。何でもないんよ」

自分の客に言われ、アユミは慌ててウィスキーを注ぐと、氷を足してマドラーで軽くかき混ぜ、客の前に滑らせた。アユミの客は普通のサラリーマンで、斜め奥に座った男と比べると金持ちには全然見えないが、至極真っ当な人間であった。

ふと顔を上げると、向かいに座った同僚のマキが、訝しげな目をこちらに向けていた。あの成金風の客を見たアユミの反応に気づいたらしい。アユミは目で「何でもない、気にしないで」と告げると、客の相手に戻った。

（あいつがこの店の客やったなんて、全然知らんかった）

向こうはこっちに気づいていない。当然だろう。あれから三年経つし、その頃はアユミも目立たない女子大生だった。そもそも、あいつはこちらの顔なんか覚えてもいるまい。

その男の名は、相澤《あいざわ》。少なくとも、三年前はそう名乗っていた。商売は不動産業。あの様子を見る限り、今も羽振りがよさそうだ。

間もなくこの店のナンバーワンであるリカが現れ、相澤の接客に付いた。アユミはこの店に入って三週間になるが、相澤を見たのは今日が初めてだ。だが、リカの接し方を見る限り、常連であるらしい。リカを指名し続けているなら、金離れもいいはずだ。

知らず知らず、相澤に視線が張りついていたらしい。マキが咎《とが》めるような顔でこちらを見たので、急いで視線を自分の客に戻した。客は、マキの隣に座る連れとの話に気を取られ、アユミが心ここにあらずなのにはまだ気づいていない。ほっとして気を取り直し、客同士の会話に入っていった。マキも何食わぬ顔で自分の仕事に戻った。

突然、相澤の席が賑やかになった。リカと補助に付いたナツキという娘《こ》が、手拍子を始めた。相澤を煽り立てているようだ。それに応えて、豪快に笑っていた相澤が、「よーし、ドンペリ行こか」と宣言した。黒服が、「ありがとうございます。ドンペリ入りまーす」と歌い上げ、一斉に拍手が起こる。やはり金回りはいいのだ。アユミたちもお義理で拍手したが、ゴキブリを見ているような気分だった。

「なあ、アユミちゃん。八番の客、何かあるん?」

客を送り出し、控えに戻ってからマキが顔を寄せて尋ねてきた。やっぱり来たか。まあ、あそこまであからさまに顔に出してしまったのだから、聞かれるのはしょうがない。

「うん……ちょっと因縁のある相手」

「ややこしい話?」

マキは眉間に皺を寄せた。興味本位、というだけでなく心配してくれているらしい。

「まあ……ね。店、終わってから話すわ」

マキは頷いて話を止め、メンソールのタバコに火を点けた。アユミも同じタバコを出す。そうだ。この機会に、全部聞いてもらおう。マキはアユミより七つぐらい上で、もう三十になるはずだ。離婚歴があり、子供は元夫のところにいると聞いている。面倒見がいいので、店でも姉貴分として頼りにされていた。

一方、アユミは女子大生のときからクラブでバイトを始め、何となくそのままこの業界にいついてしまった。稼ぎ高を考えると、普通のOLとして就職するのが馬鹿らしくなったということもある。だが、そもそもこんなバイトを始めたのは、家が破産してしまったからだ。そしてその破産の原因を作ったのが、相澤だった。

アユミの父は、市内の北のほうでクリーニング店をやっていた。店はまずまずの景気で、特段暮らしに困ったような覚えはない。父親は頑固親父タイプだったが、仕事にも家族にも実直な男だった。どこにでもありそうな、平凡で幸福な暮らし。それが狂い始めたのは、ほんの数年前。地価がうなぎ登りに上昇し始めてからだった。店のあった一角が、西梅田の再開発地区に隣接していたのも、今から思えば不運だった。

やがてご多聞に漏れず、地上げ屋がやってきた。しばらくすると町のそこここに、空き家や空き地ができ始めた。最初、父は頑として譲らなかった。地上げ屋は何度も追い返された。その間にも地価は上がり続け、アユミの家の評価額は軽々と億を超えた。銀行も信金も、移転して店の拡大を、あるいは地上げに対抗してビル建築を、などと言い、融資話を持ちかけてきた。何かが、父の中で変わった。

破綻は、間もなく訪れた。父が投資話に乗せられ、自宅を担保に多額の借金を背負うことになった。事実上の投資詐欺に、巧みに乗せられたのだ。借金を清算するには、地上げ屋に屈するしかなかった。店も自宅もプライドもすべて失った父は、体を壊して入院したままだ。アユミも大学へ行く傍ら働かざるを得なくなった。投資を誘った業者と地上げを仕掛けた不動産業者がツルんでいたことは、後からアユミたちに同情した銀行員から聞いた。その不動産業者、相澤が全体の絵図を描いたのだ。

「ふうん……酷い話やねえ」

アユミの話を聞き終えたマキは、ラーメンの箸を置いて溜息をついた。ここは彼女たちが仕事帰りにときどき来ている深夜営業の中華店で、その味には夜の商売の人々のファンが多かった。

「土地の値段がこれだけ上がったら、そら無茶な話もいっぱい出るわ。東京の地上げなんて、もっとえげつないらしいし」

「そうなんやぁ。相澤さんて、何回もドンペリ入れてくれたし、ええお客さんなんやけど」

マキに引っ張り出されたナツキが困ったような顔で言った。ここでなら構わないが、リカの客である以上、リカのいる前ではあまり悪口は言えない。

「土地成金やね。人の財産狙うて、ええとこだけさらう奴。この頃、ほんまにようけいてる」

吐き捨てるような言い方をして、マキはメンソールを咥えた。

「とにかく、腹立つ。あいつが今でも金儲けてるなんて、思うだけで腹立つ。あの顔に、熱湯でもかけてやりたいわ。いや、濃硫酸のほうがええか」

「店の中では、やめてな……」

目を怒らせるアユミに、ナツキは及び腰である。

「今日もドンペリ、いうことは、商売はまだ調子ええんやろなあ」

アユミが不快感を募らせて言うと、ナツキは頷いた。

「うん。何や知らんけど、帝塚山で大きな仕事にかかってるみたい。そんなこと言うてはったよ」

「帝塚山やて？」アユミはナツキを睨んだ。

「あいつ、まだ地上げとかやってるんか」

「え、うん、そうみたい。土地いっぱい買うて、まとめて売るみたいな話してた。大きな金になるって」

「そんなこと言うてたん。ははあ、自慢したいんやな。リカにええ恰好見せて」

マキが小馬鹿にしたように言った。マキに言わせれば、金持ちの上客であっても所詮男など下心のかたまり、それ以上でも以下でもないのだ。

「リカさんて、本命がおったんと違うのん」

アユミが思い出して聞くと、マキは鼻先で嗤った。

「そうやで。あの程度の成金の客やったら他にもおる。リカが簡単に落ちるかいな。せいぜい相澤とかいうのの財布から、たっぷり引っ張り出したったらええわ」

「そやね。アユミさんにしたらええ気味やろ」

ナツキがよかったねと言わんばかりの笑みを向けてきた。アユミは曖昧に応じた。確かに相澤がリカの手管《てくだ》に転がされるのは大歓迎だ。しかし、家庭を壊されたアユミにとっては、到底そんなことで溜飲は下げられない。

「なあ、ナッキちゃん。相澤の奴、帝塚山のどの辺の話してたん」

「え？　えっと、あんまり詳しい話してないけど、阪堺電車の東側ぐらい違うかなあ……あ、そうや。そう言えば、たこ焼き屋があってどうした、とか言うてたわ」

「たこ焼き屋？」マキが反応した。

「四丁目の停留所の近くで東へちょっと入った所にある、あれかいな」

「え、マキさん知ってるん」

アユミはちょっと驚いてマキを見た。アユミは家を奪われてからその跡地に建ったマンションを見るのが嫌で、今は文《ふみ》の里《さと》のアパートに住んでいる。帝塚山界隈には土地勘がなかった。

「うん、あの辺でたこ焼き屋、て言うたらそこしかないはずやもん。美味しい言うて、近所では有名やで」

「ふうん……」

その場所を知りたい、とアユミは思った。相澤が今度はどんな所を狙っているのか、知っておきたい。知ってどうするのか、と言われればそれまでだが。すると、アユミの胸の内を察したのか、マキが声をかけた。

「なあ、よかったら明日の昼、行ってみよか。たこ焼き食べに」

「え？　マキさん案内してくれるん」

「うん」マキが頷くと、ナツキも手を挙げた。

「私もたこ焼き食べる」

「よし、ほな、そうしよ。ということで、今夜はお開き」

マキはそう宣言すると、メンソールを灰皿に押しつけた。


帝塚山四丁目で阪堺電車を降り、一方通行の細い通りを東に入った。この界隈はすべて住宅地で、大きな建物と言えば学校と病院くらいだ。電車通りの西側には大きなお屋敷が多いが、こちら側には小さなアパートや文化住宅、間口の狭い店舗などもたくさん並んでいる。

「あ、あれよ」

通りに入って十メートルも行かないうちに、マキが指差した。前の電柱の陰に、「たこ焼き」と書かれた幟《のぼり》が揺れている。数歩進むと、たこ焼きのいい匂いが鼻をくすぐった。アユミの口の中に唾液が湧いてきた。

「おっちゃん、こんにちはぁ」

マキは店先に立つと、鉄板の向こうの六十歳くらいの胡麻塩頭の店主に声をかけた。

「いらっしゃい」

顔見知りらしい店主が元気よく応じる。

「今日は別嬪《べっぴん》さん三人連れかいな。おっちゃん照れるなあ」

「いや、別嬪さんやて。おっちゃん、正直やなあ」

挨拶代わりにいかにも大阪らしい軽口を交わす。アユミとナツキは思わず吹いた。

「六個入り三つ。ソースとマヨネーズと鰹節、たっぷりな」

マキが注文して振り向き、それでええやろ、と確かめた。二人が頷く。

「はいよ。ちょっと待ってな」

店主は熟練の手付きで鉄板から焼けたたこ焼きを舟皿に移し、刷毛《はけ》でソースを塗った。湯気が鼻腔を刺激し、目が細くなる。マヨネーズと青海苔と鰹節を数秒で整え、端の一個に爪楊枝を挿すとできあがりだ。店主は素早く三つの舟皿を整え、順にアユミたちに手渡した。最後に受け取ったマキがまとめて代金を払った。

「あー、美味しそうやわ」

ナツキが最初の一個を持ち上げ、ふうふう冷ましながらそうっと齧《かじ》った。

「熱っ」「美味しいっ」

器用にもその二言を同時に発し、ナツキは満面に笑みを浮かべた。堪らずアユミも一個を口に持っていく。よく焼けた外身を歯で破ると、熱々のとろりとした中身が甘辛いソースと共に口の中に広がる。さらに食べ進めば、ほどよい大きさに切られた蛸《たこ》の身が歯に触れ、香ばしさを振りまきながら舌の上で躍る。絶品だ。

「うーん、めっちゃ美味しい」

ごく自然にそんな言葉が出て、店主が「おおきに」と嬉しそうに応じた。

「こんなお店あるて知らんかった。なあなあ、おっちゃん、ここ、いつから……」

そう言いかけて、アユミは背後に人の気配を感じた。店主がこちらを見て、顔を強張らせた。見ると、マキもナツキも食べる手を止めている。何だと思って、振り返った。

男が二人、立っていた。肩幅が広く、頭はパンチパーマ。一人は三十代、もう一人は二十代か。黒いシャツに白のスラックス、エナメルの靴。金ぴかの腕時計。絵に描いたような強面《こわもて》だ。

二人は、肩でアユミを押しのけるように前に出ると、店主に向かって「十個入り一つ」とぶっきら棒に言った。表情を殺した店主は、無言で舟皿を出して十個を盛り、ソースから爪楊枝までの手順を寸分の狂いもなくこなすと、男たちに差し出した。若いほうの男が無言で受け取り、ポケットから小さく折り畳んだ一万円札を出した。アユミは顔をしかめた。定番の些細な嫌がらせ。釣銭がなければ、文句を言って支払わずに帰る。だが店主は、待ち構えていたようにぴったりの釣銭を出し、男に渡した。互いに言葉はない。

たこ焼きと釣銭を受け取った強面は、もう一度ゆっくりした動作でアユミたちを睨みつけると、悠然と歩み去った。店主が苦い顔でそれを見送った。

「えー、何やのん、あれ」

男たちが角を曲がって見えなくなると、ナツキが目をぐるぐる回して言った。

「どう見てもコレやん。よう来るん?」

頬に人差し指を走らせ、その筋の連中を表すサインを送ると、店主は渋い顔で肯定した。

「まあ、それみたいなもんやな。不動産屋の手先や」

アユミとマキは、顔を見合わせた。

「もしかして、地上げされてるのん?」

そう問いかけると、店主は深く溜息をついた。やはり、思った通りだ。ナツキが相澤から聞いたのは、この土地の話に間違いない。

「そうや。この一角、買いに来とる。この並びの店でも、売ってしもた人がいてる。わては話しに来るたび追い返しとったんやけどな。そしたらそのうち、あんな連中が来るようになった」

「何か嫌がらせされてるん?　殴られるとか、店壊されるとか、ゴキブリ入ってた言うていちゃもんつけてくるとか」

「ゴキブリ、かいな」店主から苦笑が漏れた。

「いいや、ああしていかつい格好でうろつくだけや。暴れたりもせえへん。せやけど、まとわりつかれたらお客さんも気持ち悪いやろ」

「そしたら、あいつらのせいでお客さん、減ってしもたん?」

そう聞くと、店主は力なく肩を落とした。そう言えば、この二十分ほどで来た客は、アユミたちとあの二人組だけだ。

「なかなかあいつらも考えてるやん」

マキが不愉快そうに言い、アユミも無言で頷いた。確かに、地上げが社会問題化してから荒っぽい手段は影を潜めている。だが、地上げ行為が収まったわけではなく、もっと巧妙になっただけだ。心理的に責め上げるようなやり方なら、簡単には摘発されないと考えているのだろう。さっきアユミたちにたこ焼きを差し出したときとは違い、店主の顔色は冴えなかった。

「おっちゃん。その不動産屋、相澤ていう奴？」

「え？」店主はいきなり名前を出したアユミを、驚いた顔で見た。

「ああ。会社は京亜《きようあ》不動産ていう名前やけど、社長は相澤ちゅう奴や。知ってるんか」

「うん、まあ、知ってるて言うか……」

どう言ったものか、とアユミは思った。自分の境遇を今日会ったばかりの店主に説明するのも、ためらわれた。アユミは視線を泳がせた。

その視線の先にとらえたものに、アユミははっとした。三軒先の店のシャッターが下りている。「山川《やまかわ》クリーニング店」看板にはそう書かれていた。まだ色褪《いろあ》せてはいない。つい最近、閉店したのだろう。おそらく、地上げによって。

アユミの思いは、壊れてしまった家族のもとへ飛んだ。西梅田の近くでそれなりに繁盛していた、同じようなクリーニング店。この「山川」という家で何があったか、どんな思いで店を閉めたかはわからない。あるいは、商売がぱっとせず、渡りに船で地上げに乗ったのかも知れない。

だがそれは、アユミにはどうでもよかった。この町にも、地上げで人生を狂わされた人がいるはずだ。少なくともこのたこ焼き屋の店主は、望まぬ方向に追い込まれようとしている。閉まったクリーニング店が目の前に現れたのが、偶然のようには感じられなかった。

(相澤を、痛い目に遭わせてやりたい)

アユミは、本気でそう思った。父の店が失われてから、最も強く。

「アユミちゃん、どないしたん」

マキが眉をひそめてこちらを見ていた。どうやら怒りが顔に現れてしまったようだ。

「うん、ちょっとね」

アユミはごまかすように言ってから、残ったたこ焼きを口に運んだ。半ば冷めていたが、それでも充分美味かった。

「ごちそうさま、おおきに」

舟皿を店先のゴミ箱に捨ててから、アユミは意を決したように言った。

「あのな、その相澤に、うちの家族も酷い目に遭わされたんよ」

「え、ほんまかいな」

店主は驚いてアユミを見つめた。何か同情の言葉を探しているようだ。だが、アユミはそれを遮るように、力強い声で言った。

「せやからおっちゃん、負けたらあかんで」

アユミはさっと身を翻すと、目を瞬かせるマキとナツキをそのままに、足音高く表通りへと歩いて行った。

同じ頃。近鉄阿部野橋駅に近い事務所のデスクで、相澤惣太《そうた》はパソコンの画面に並んだ数字を確かめ、ふんと鼻を鳴らした。そこに示されているのは、彼が動かしている土地の収益見込表である。狭苦しいこの国では、土地こそ古くからの最も確かな資産であった。相澤はこの数年の地価急騰に乗り、土地を買いあさっては右から左へ流して、大きな利益を上げてきた。

（期待したほどやない、か……。まあ、誰も買えんような値段まで行ってしもうたら、頭を打つわな）

さんざん地価の恩恵に浴した相澤の目から見ても、近頃の相場は異常であった。難波から電車で一時間近くかかるような山の中に建ったマンションが、一室五千万。坪単価で言うと二百五十万前後になっているのだ。五年前なら、その三分の一でも高いと思っただろう。

潮時が近いのかも知れんな、と相澤は思った。去年、大蔵省が総量規制とやらを仕掛けて、過熱した景気を冷まそうとしてから、株価の上昇は止まっている。いずれは不動産にも波及するだろう。

だが、そこをうまく泳いで儲けを積み上げるのが、腕なのだ。この先も、うまく立ち回ってやる。相澤には、自信があった。

生まれた家は、貧乏だった。京都の市街の隅っこにある、掘立小屋より少しましな程度の家に、親子五人が住んでいた。親父はロクデナシで、酔うと母や兄弟に暴力を振るっていた。学校の勉強など、まともにできる環境ではなかった。そこから抜け出そうと、相澤はもがいた。やくざの使い走りや風俗の下働きをやり、やがて悪徳不動産屋の下っ端に入り込んだ。そこで、不動産のイロハを知った。何の変哲もない、使い物になりそうもない猫の額ほどの土地が、やり方一つで金に化ける。初めて興味を覚えた世界だった。

もともと才はあったらしい。独学で算盤も会計も法律も、必要なことはみんな覚えた。そしてある日、自分の独断で身寄りのない資産家の老人を騙し、土地を転売して数千万を手にした。罪悪感は全くと言っていいほど、なかった。ただ、無から有を生み出した己の才覚に、酔った。老人も判断力を失いかけており、死ぬまで相澤に騙されたことを認識できなかった。

それから相澤は、時流に乗った。土地転がしは容易に金を生んだ。儲かると目をつければ、どんな手でも使った。脅迫や詐欺まがいの取引は日常だった。刑事事件すれすれのところで身をかわす術も覚えた。必要に応じて極道とも手を組んだ。

踏みつけにした人間が何人いるか、数えたこともない。首を吊った奴も、二、三人いたはずだ。だが、それがどうだというのか。この世は、一言で言えば弱肉強食だ。騙されてすべてを失ったのなら、騙されないための注意も努力も怠っていた、ということだ。そんな相手に情をかける必要がどこにある。

相澤はパソコンの画面を消した。相場は弱含みに向かっているようだが、まだしばらくはこのまま行ける。まずは目下最大の案件を、うまく片づけるのに集中しよう。

「おい寺西《てらにし》。帝塚山、今日はどうなっとる」

事務所に三人いるうちの、一番手近にいた社員に向かって、ぶっきら棒に聞いた。ぼうっとスポーツ新聞に目を落としていた寺西という社員は、慌てて背筋を伸ばした。

「はい、太仲《おおなか》組の若いのに歩き回らせてます。相変わらずで」

「相変わらず？」

相澤は寺西をじろりと睨んだ。寺西は雷を予感して小さくなった。パンチパーマに剃りを入れた見かけは極道とさして変わらないのに、そうしてうろたえている様子はひどく滑稽に映る。

「相変わらずで満足しとってどないするんじゃ。動かんのやったら次にどんな手ぇ打つか、頭使わんかい」

帝塚山の地上げは、あと少しのところに来ていた。買収する五軒のうち、四軒は落ちた。二軒は嫌がらせに負け、二軒は金に負けた。残るはたこ焼き屋一軒。頑固な職人だが、相澤はもう時間の問題と見ていた。だが、一軒だけにそう時間をかけてはいられない。雇った極道にも、人件費がかかるのだ。力ずくでも何でも、さっさと片づけてしまいたかった。

寺西は、すんませんと詫びてスポーツ新聞を放り出し、あちこちに目を動かした。頭を使えと言われたものの、すぐには何をやっていいのか考えつかないようだ。相澤は舌打ちをした。人手不足と言っても、使えない奴が多すぎる。

「ちょっと出てくる。車はいらんぞ」

気分転換が必要だ。そう思った相澤は、寺西には目もくれず、さっさと歩いて事務所を出て行った。

相澤は阿倍野筋へ出て、阪堺電車の天王寺駅前乗り場へ向かった。地下道を通って階段で乗り場に上がると、住吉公園行きの電車が停まっていた。その電車を見て、相澤はちらりと笑みを浮かべた。最古参の旧型電車だ。広告塗装でオレンジ色に塗られているのはいただけないが、特徴の薄い最近の電車に比べると、捨て難い風格がある。正面の窓上を見ると、一七七という番号が記されていた。相澤は、中扉から段差の大きなステップを踏んで車内に入った。

座席に座って二、三分経つと、自動放送の発車案内のあとドアが閉まり、一七七号電車は重々しい響きを立てて動き出した。その走行音は、相澤にとっては苛立った気分を落ち着かせる効果があった。相澤は満足して体の力を抜いた。

幼い頃の京都での暮らしは、頭から消し去りたい記憶だった。だが、市電だけは例外だ。家にいるのに嫌気がさすと、相澤は市電に乗りに行った。もう四十年近く前の話だ。十三円だったか十五円だったか、均一運賃で、家の金をくすねて払った。電車からは、三十三間堂や八坂神社など、京都の名所がいくつも見れた。河原町あたりを歩く、着飾った女性たちも。市電は、自分の家の見たくない現実と違うものを見せてくれた。市電に乗っている間だけ、相澤は自分がいるべき世界の夢を見ることができた。

今の事務所が阪堺電車のすぐ近くにあるのは、偶然だ。だが、ここの旧型電車を見たとき、相澤は京都市電が自分を呼んだのだ、と一瞬思った。それほど、この電車は京都のそれに似ている、と感じられたのだ。これは相澤にとって、吉兆に違いなかった。

それから相澤は、何度も阪堺電車に乗った。不思議なもので、路面電車に乗っていると、京都でそうしたときと同じように気持ちが和んだ。落ち着ける場所があるということは、いいものだ。それに、ラウンジなどと違って圧倒的に安上がりだった。

一七七号電車は阿倍野を出て、松虫《まつむし》へ向かっていた。このまま乗っていれば、ほどなく例の帝塚山の物件のすぐそばを通る。だがこの電車の中でなら、苛立ちも抑えられた。遅かれ早かれ、あの物件は自分の手に入る。そして、一件の取引としては、今までで最大の儲けを自分にもたらすはずだ。


「ええ！　アユミさん、ほんまにあの相澤さんに仕返しするつもりなん？」

翌日の夜、店が終わってから寄った欧風居酒屋で、ナツキは目を丸くしてアユミを見つめた。アユミはもちろんとばかりに大きく頷く。

「あいつが使ってる店にうちが来たんが、そもそも縁やと思う。いや、腐れ縁か。何か、神さんにそうせい、て言われたような気がする」

「神さんは仕返しなんか、あんまり勧めんと思うなあ」

首を傾げるナツキには答えず、アユミはマキに済まなそうに言った。

「店にとっては大事なお客さんやのに、来てまだ日の浅いうちがこんなことしようとするやなんて、めっちゃ悪いと思うけど……」

「そらまあ、店長やらリカには言えんやろね」

マキはメンソールの煙をふうっと吹き出し、何やら考え込むような顔をした。やはり店の上客を害するような話はまずかったか、とアユミが後悔しかけたとき、マキは少し俯いたままではあったが、きっぱりと言った。

「ええんちゃう？　気のすむようにやったら」

それから顔を上げたマキの口元には、笑みが浮かんでいた。

「確かに上客やけど、私もああいうタイプは絶対好かんのよ」

「マキさんやったらそう言うと思た」

ナツキがうんうんと頷きながら言った。そこでマキは真顔になって問いかけた。

「それで、どうするか考えでもあるん」

「うん……あいつ、不動産であくどいぼろ儲けしてきた奴やから、できたら不動産でえらい目に遭わしてやりたいんやけど……」

それについては、昨日からずっと考えていた。もし奴の土俵の不動産の商売で足をすくってやれれば、まさしく仕返しとしてふさわしいのではないか。だが、素人のアユミには具体的にどうすればいいのか見当がつかない。

「不動産って、詐欺でも仕掛けるん？　相手はプロなんよ」

マキが呆れたように言った。もっともな話だ。急に勉強しようとしても、無理だろうか。

「やるんやったら、こっちもプロに頼らんとね」

え？　マキの言い方に、アユミは感じるものがあった。

「マキさん、もしかして手伝ってくれるとか」

「手伝うって言うか……まあ、もう片足突っ込んでるし」

マキはそこでちょっと苦笑した。

「マキさんには、何か考えがあるん」

「それやけど……ナツキちゃん、あんたの知り合いに不動産のコンサルか何か、いてるんやなかった？」

「えっ？」ナツキがぎょっとした顔になった。

「私そんな話、したかしらん」

「だいぶ前、言うてたで。どうやのん」

ナツキは困った様子で目を泳がせた。

「うーん、まあ、いると言えばいるけど。それほど親しいわけやないし、ややこしいこと頼むんは……」

「駄目元でええから、ちょっと聞いてみてぇな。アユミちゃんの話、聞いたやろ。あんたも怒ってたやん。ちょっと手ぇ貸したりぃね」

「えー、困ったなあ。けど、マキさんに言われたらなあ……」

ナツキは、仕方がないという風に溜息をついた。

「とりあえず、聞くだけ聞いてみよか」

「ナツキちゃん、ほんまに構へんのん？」

渋々といった様子のナツキを気遣って、アユミはそう聞いた。が、それでナツキはかえって応じる気になったようだ。

「ええよ。私も片足突っ込んでるし」

ナツキはさっきのマキの言い方を真似て笑った。が、それから急に真顔になった。

「それにな、私も、まあ事情はだいぶ違うけど、アユミさんとこみたいに、家族バラバラに壊れてしもてん。せやから、何か他人事《ひとごと》でないような」

「え……そうやったん」

アユミは眉を寄せてナツキを見た。この子もいろいろあったんだ。何があったか聞きたかったが、面と向かってはっきり尋ねるのはためらわれた。それを察したか、ナツキは自分で言った。

「父親がな、女作って出て行ったん。ようある話」

ナツキはそれだけ言うと、もとの笑顔に戻った。

「男に復讐て、かっこええやん」

三人は頷き合い、グラスを打ち合わせた。


その相手は、畑中仁志《はたなかひとし》という不動産コンサルタントだった。西長堀《にしながほり》のビルに事務所を構え、地価高騰の波に乗って羽振りがいいらしい。地価のおかげで儲けている点では相澤と同じだと思うと、ちょっと複雑ではあったが。

だいたいの話は、ナッキが電話で伝えてくれていた。ナツキによれば、畑中は前にいた店の客で、仕事の腕はいいらしい。アユミたちの意図は理解してくれたが、それで何ができるかと言うと、畑中もすぐには思いつかないようだ。とにかく相澤が今手掛けている件について、関係者の話を聞きたいと言う。そうすると、アユミたちが呼べる関係者は一人しかいない。

「井部《いべ》と申します。お世話になります」

たこ焼き屋の店主が井部という名前だったのは、今度の話をしに行って初めて知った。だが話を持ちかけたものの、面倒事はごめんだとずいぶん渋られ、畑中事務所へ連れてくるまで、三度も足を運んで説得することになってしまった。結局最後は、アユミが情に訴えたのにほだされたのだ。

「畑中です。今日はご足労いただきまして、申し訳ございません」

六十前後だろうか、高級ブランドの夏物スーツをスマートに着こなした畑中は、ロマンスグレーという形容がまさにぴったりだった。対する井部は店に出ているときと違って、慣れない所で場違いに感じているのか、精彩がなかった。出した名刺も、畑中のそれと並べると、ずいぶん黄ばんで見える。今まで使う機会がほとんどなかったのだろう。

畑中にソファを勧められ、アユミ、マキ、ナツキと井部は、テーブルを囲むように座った。秘書の女性がアイスコーヒーを運んできた。井部の額には、うっすら汗が浮いている。

「さて、だいたいの話はこちらのナツキさんから電話で伺いました。井部さんは、具体的にどういう申し出を受けておられるんですか」

「ええ、あの、わての店は土地も建物もわての名義ですが、それを売れと言われまして。この正月明けぐらいからです」

井部の声音《こわね》は緊張の塊のようで、店で聞く軽口混じりの会話は鳴りを潜めていた。

「金額の提示はいかほどです」

「今言われてるのは、坪五百万ほどです」

坪五百万！　アユミは目を剝《む》いた。今はそんなにするのか。なら、十五坪ほどの井部の店でも、建物合わせて八千万以上だ。普通なら心が動くだろう。

「で、井部さんとしては、お売りになりたくない、ということですな」

「そうです。店はわてが始めたんですけど、あそこにはひい爺さんの代から住んでましてなあ。やっぱり愛着言いますか、どうも離れがたいんですわ。あんなどこの何者かようわからん奴に売るやなんて、少々金積まれたかて嫌ですわ」

井部は顔をしかめながら言った。やはり相澤たちに我慢ならないらしい。

「ご近所は、もう売りはったんですか」

井部の顔が情けなさそうに変わった。

「そうですねん。クリーニング屋の山川はんは、近くにチェーン店ができてからさっぱりで、渡りに船やったみたいです。あとの福村はんと出口はんは、相手があんまりしつこいんで嫌気がさしたみたいで。もう一軒、小野はんはこの頃体調悪いんで、この際土地売って南紀の温泉場へ移ろか、て言うてはります」

「井部さん入れて五軒だけですか」

畑中はデスクに手を伸ばして住宅地図を取ると、テーブルに広げた。

「五軒分だけやと、何をするにもちっと狭すぎますなあ。この隣の大きな家の、安井《やすい》さん、ちゅう方はどうしたはります」

畑中が指差すところを覗き込んだアユミは、畑中が何を言いたいのかすぐにわかった。その安井という家の敷地は、井部たち五軒を合わせたよりもずっと広い。土地としては不整形で、少しいびつな形だが、井部たちの土地を全部合わせると、ほぼ長方形に整うのだ。

「ああ、それですねんけど」井部は唇を噛んだ。

「安井さんのとこはお婆さんの一人暮らしで、子供もおらんかったんで、最近立派な老人ホームに入らはったんですわ。ところがな、何故か安井さんの土地、相澤が手に入れてたようですねん」

「ほう、井部さんらの土地を買いに来る前に、安井さんのところを押さえとったわけですか。なるほど」

畑中の目が光った。

「その安井さんは、判断能力は確かやったんですか」

「いや、それが、この二、三年でちょっと危なっかしゅうなってましてな。近所でも心配はしとったんです。老人ホームに行くんやったらまあ安心や、て皆でほっとしとったんですけど、気ぃついてみたら土地が相澤のもんに」

「どうやら、安井さんの意識が鈍ったのにつけ込んで、土地を巻き上げたみたいですな。この数年、そんな話がときどきあるんです。相澤ちゅうのは、なかなかの悪徳不動産屋ですなあ」

「相澤はこの土地で何する気ですやろ。マンションやろか」

マキが住宅地図を見ながら聞いた。

「そうですな。ざっと七百坪の土地ですから、マンションは建てられますね。ここは第二種住居専用地域、て言いまして、大型スーパーもホテルも建てられん。確実に儲けるなら、マンションが一番いいでしょう。せやけど……」

畑中はちょっと思案する素振りを見せた。

「その相澤みたいな信用のない業者がマンション建てても、誰も買わん。それ以前に、引き受ける建設業者がおらん。転売する腹積もりでしょう」

「誰かにこの土地を高く売って儲けるんですね」

アユミは理解して頷いた。

「この区域は高層マンションは規制で建てられませんが、高級住宅街に隣接してるんで、いわゆる億ションが売れる。中低層でも採算は合います。だが億ションならますます売り主の信用が大事や。おそらく相澤ちゅう業者は、安井さんの事情を嗅ぎつけて、大手のマンションデベロッパーと裏で組んで地上げにかかったんですわ。ま、確かめるのは難しくないでしょう」

蛇《じゃ》の道は蛇《へび》、とでも言うのか、畑中がニヤリとした。

「そしたら、相澤がこの土地を買うお金は、その大手の会社から出てるんですやろか」

「さあ、相澤がどれほど信用されてるかによりますが、私やったら最初から大金預けるようなことはしませんなあ。土地を持ってきたら必ず買い取る、ちゅう約束だけしとくでしょう」

「もしそうやったら、相澤は自分で地上げの資金を用意せなあかんのですね。不動産業って、怪しげな会社でもそんなに金回りがええんでしょうか」

「このご時世、土地が絡むと少々怪しげでも銀行は金を貸しますからなあ」

嘆かわしいと言うように、畑中は首を振った。アユミもむっとした。そんな連中ばかりが有利になるなんて、世の中不公平過ぎるやないの。

「あのう、そのお金の件ですが」

しばらく聞き役だった井部が、おずおずと話に割り込んだ。

「安井さんとこ以外、まだ誰にも払われてませんねん」

「え、土地を売る契約をした人に？　そしたら、まだ立ち退《の》きは済んでないんですか」

畑中が意外そうに言った。井部が頷く。

「ええ。契約では、買収が全部完了した時点で一斉に支払うようになってるらしいです」

「ということは、井部さんが買収に応じないと、誰にも土地代金は支払われないわけですか」

畑中が確認すると、井部は渋い表情になった。

「そうですわ。それで山川はんらには、わしが意地張ってるおかげで金が入らん、ちゅうてえらい文句言われてて、実はそれも結構辛いんですわ」

それは酷い話だ、とアユミは思った。土地代のせいで町内の古くからの人間関係が壊れてしまうなんて。

「ははあ、停止条件付きの契約ですか。なかなか興味深いですね」

「停止条件て？」マキが戸惑った顔で聞いた。

「ある条件が成就せんと有効にならん契約、ちゅうことです。この場合、井部さん含めた全員が土地を売ることに同意する、ていうのがその条件になります」

「そうしたら、どんなええことが」

どうもよくわからない、という顔でナツキが聞いた。が、アユミにはわかった。

「つまり相澤は、土地が全部買えるまでみんなの土地代を払わんでもええ。全部の土地を大手の会社に売って、その代金を貰ってから払ったらええんよ。そしたら自分の懐は痛めへん。それに、一人でも土地を売らんかったらお金は貰えんのやから、お金の欲しい人は相澤の味方になって土地を売らん人を責めたててくれる。一石二鳥やないの」

滔々《とうとう》と述べると、ナツキが目を丸くした。

「わあ、アユミさん頭ええんやねえ」

「これでも大卒やで」

苦笑してそう言ったが、畑中まで感心している様子なのは気分がよかった。

「いやお見事。その通りですわ」

「けど畑中先生、普通に銀行からお金借りて払ったほうが簡単と違いますのん。井部さんは土地売りたないいて言うてはるし、あんまり長期戦になったら先に契約した人も辛抱し切れんで、心変わりするかも知れませんやん」

マキが横からそんな疑問をぶつけた。これにはアユミもなるほどと思った。やはり自分より人生経験が長いだけのことはある。

「うん、それもその通り。銀行からうまく借り入れができんかったのかも知れませんな」

畑中が答えると、マキは曖昧に頷いた。そこでちょっと話が途切れたので、アユミはそろそろ本題を聞きたい、と思った。

「それで先生、この相澤の思惑をひっくり返すには、どないしたらええと思わはりますか」

「ひっくり返す、ですか」

畑中は眉を上げた。

「井部さんが土地を奪われないようにする、ということですね」

「いえ、それだけやなくて、相澤にギャフンと言わせてやりたいんです」

それからアユミは、自分と家族が相澤に受けた仕打ちを話した。畑中はしばし黙って耳を傾けていた。

「そうですか。いろいろご苦労なすったんですなあ」

アユミの話を聞き終えた畑中は、心から同情するように言った。

「さて、私にできることがあればいいんですが」

畑中は首を捻ると、井部に向き直った。

「井部さん、今までに受けた嫌がらせや妨害について、全部お聞かせいただけますか」

「はあ、わかりました」

井部はこの三ヵ月で受けた様々な嫌がらせについて説明した。井部は警察にも行ったそうだが、あまり深刻には捉えてくれなかったらしい。畑中ならと期待してか、話に熱が入っていた。だがそれとは反対に、話が進むにつれて畑中の顔は曇っていった。

「それで全部ですね？」

一通り話し終えた井部に、畑中が念を押した。井部は力強く「はい」と応じたが、畑中は難しい顔になった。

「うーん……相澤も馬鹿ではありませんね。刑事事件にできる材料がないかと思いましたが、現行法では難しそうです。警察で真剣に対応してもらえんかったのは、そのせいですね」

「はあ……先生でもあきまへんか」

井部は一気に落胆したようだ。肩ががっくりと落ちた。

「こういう問題はなかなか難しゅうて……」

そう言いかけたところで、畑中はふと口をつぐんだ。ナツキが斜め前から、じっと訴えるように畑中を見つめていた。畑中は落ち着かなくなったのか、身じろぎした。

「あの……」

アユミが問いかけようとすると、畑中は溜息をつき、思い直したように口を開いた。

「いや、まあ、私のほうでいろいろ調べてみます。何ができるかは、それからということに」

「よろしゅうお願いします」

井部は気を取り直し、アユミたちも一緒に、どうかよろしくと頭を下げた。畑中はちょっと複雑な表情を浮かべながらお辞儀を返した。

改めて畑中から連絡があったのは、二週間後だった。電話では説明が長くなるし、井部に確かめたいこともあるので、都合のいいときに揃ってきてくれという。アユミが井部に連絡すると、最初に声をかけたときとは打って変わって、二つ返事で了解した。

「あれから、相澤について調べてみました」

アユミたち四人がソファに座ると、畑中はそう切り出した。

「今さらですが、やはり評判はようないですね。法律のボーダーラインすれすれで仕事して、その筋の連中とも付き合いが濃いらしい。せやけど、この頃は資金繰りに問題を抱えてるみたいですわ。今の最大の借入先は京阪神銀行のようですけど、新規融資にストップがかかってるそうです。それで帝塚山の買収は、できるだけ自分で金を出さんで済むように立ち回っとるんでしょう」

「手元にお金がなくなってる、て言わはるんですか」

井部が驚いたように言った。あれだけうるさく土地を売れと言っておきながら、実は買いつけ資金が乏しいなど、予想外だったのだろう。

「相澤としては、大手の会社の先棒を担ぐことで大儲けして、それで資金繰りを一気に好転させる腹積もりなんでしょうな」

「ここで相澤にお金が入らんようにしたら、あいつはえらいことになるわけですね」

アユミの胸が期待に膨らんだ。これは、思ったよりうまく運ぶのではないか。

「その大手の会社って、どこかわかりましたん？」

最も冷静な様子のマキが尋ねた。畑中は「ええ」と笑みを浮かべた。

「日千《にっせん》不動産開発です。名前はご存知でしょう」

「知ってます。ほんまの大会社やないですか」

マキが感心したような声を出した。日千ならアユミも無論、知っている。確か東京の会社で、業界ではトップテンに入るのではないか。そんな大企業が相澤を手先に使うなんて、と思ったが、地価がこんな状況では、綺麗ごとだけで商売は回らないのだろう。

「それやったら、畑中先生から日千に言うて帝塚山から手を引いてもらうわけにいきませんの？」

日千が開発をやめれば井部は土地を売らずに済むし、梯子を外された相澤はコケる。単純にそう思ったが、畑中は済まなそうにかぶりを振った。

「私は日千とは付き合いがないんですわ。付き合いがあったとしても、私が頼んだぐらいで開発を中止するとは思えません」

「はあ……けど、何か方法はないんですか」

「それなんですが」

畑中は井部のほうに顔を寄せた。

「井部さん、このままあなたが何ヵ月か持ちこたえたら、相澤は資金繰りに詰まるはずです。それまで辛抱できますか」

「いや、それはできますやろけど……」

井部は考え込む表情になった。

「そうなると、山川はんにはずっと金が入らんままになるわけですなあ。それも気の毒ちゅうか……今はちょっとあれやけど、長い付き合いやしなあ」

金が必要なクリーニング店の山川が生殺し状態になってしまうのは、井部としても寝覚めが悪いのだろう。

それに、とアユミは思う。数ヵ月の猶予があれば、相澤は資金調達に成功して逃げ切るかも知れない。焦れた日千が相澤に資金を渡して、買収を急がせることだってあり得る。

「やっぱり、一気にやっつけるほうがええと思います。それって無理ですか」

「あなたは、どうしても確実に相澤を仕留めたいんですな」

畑中は、困った人ですねと言うように微笑んだ。

「でも、何事も確実に、というわけには、なかなか行きませんよ」

「そこを何とかしてあげて下さい」

突然、今まで黙って聞いていたナツキが横から言った。畑中は、一瞬ぎょっとしてナッキを見た。ナツキは畑中の目をじっと見返している。畑中はその目力にたじろいだか、改めてアユミに顔を向けた。

「まあ、どうしてもそうしたいと言われるなら、方法がないわけではないですが」

「あるんですか。それ、井部さんの問題も解決できるんですか」

思わず肩に力が入った。そんなアユミに、畑中は興奮を鎮めるように言った。

「いろんな要素があるんで、必ず思惑通りになるとは限りません。それだけは承知しておいて下さい」

「構いません。ぜひお願いします」

「井部さんもそれでよろしいですか」

「はい、わてもそうしてもらえたら」

「わかりました。実はこれ、井部さんにちょっと動いてもらわないといかんのですが」

「え？　どんなことでっしゃろ」

井部は軽く応じたが、畑中の話を聞くとすっかり困惑した表情になった。アユミも話を理解するのにしばらくかかった。だが、三十分後には全員の表情に期待が浮かんでいた。


さらに二週間後。寺西と連れ立って帝塚山の路地から表通りに出てきた相澤は、ここ数カ月で最も上機嫌だった。何しろ、あれだけ手こずった地上げが、ようやく片づいたのだ。

これで資金繰りの目鼻もしっかりとついた。あとは儲けの勘定だけでいい。

「おい、ご苦労やったな」

傍らの寺西に、方便でなく本心から労《ねぎら》いの言葉をかけた。寺西は恐縮したのか、いやどうも、とだけ言って頭を搔いた。

たこ焼き屋の親父が土地を売ると言い出したのには、驚くと共に安堵した。いささか急な展開だったが、あの親父も限界だったのだろう。結局、大金が目の前にあるのに突っ張り通せる人間など、いないのだ。せめてもの意地か、親父は最後に条件を付けてきた。

「来月や。来月の月末までに代金八千万、耳揃えて払うてもらう。入金せなんだら、この話はご破算や。きっちり紙に書いてもらうで」

そのぐらいならどうと言うことはない。契約書にその通り書き込むと約束した。契約しさえすれば、本当の買い主である日千不動産開発から金が支払われるから、来月末の入金は問題なかった。

(これで万事めでたしや)

この土地の買収額は、しめて二十五億。安井の婆さんが呆けてくれたおかげで、だいぶ安く上がった。日千にはそれを三十五億で売る約束ができている。差益は十億。日千は安井の婆さんのことを知らないから、そんなに儲けが出ているとは思うまい。自然に笑みがこぼれた。

表通りに出てすぐ、阪堺電車の停留所が目に留まった。何気なく左右を見ると、ちょうど近づいてくる天王寺方面行きの電車が視界に入った。これはちょうどいい。儲け話がまとまった後、好きな電車に揺られて帰るのも一興だ。路上で待っていたメルセデスが相澤の姿に気づいて発進し、こちらへ寄ってきた。相澤は振り向いて寺西に言った。

「寺西、お前、車で帰れ。俺は電車で帰るさかい」

「え？　電車でっか。はあ、わかりました」

寺西は意外そうな顔をしたが、何で電車に、などとは遠慮して聞こうとしなかった。相澤は寺西と運転手に小さく手を振ると、小走りで停留所に向かった。

到着した電車は、相澤好みの旧型車である。番号を見ると、この前乗った一七七号だった。相澤は空いた車内に入り、中ほどに座った。電車はすぐに動き出した。初夏の陽気の中、この旧型車には冷房がないので、ほとんどの窓が開けられている。相澤は手を伸ばし、半開きだった自分の背後の窓を全開にして顔を窓に向けた。電車の速度が上がると風が相澤の頰を打ち、京都市電に乗った夏の記憶が甦る。夏の電車はこうでなくてはいけない。汗ばむ陽気とは裏腹に、相澤は爽快な気分に包まれていた。

江戸時代に札差《ふださし》や米問屋が軒を並べ、経済の中心だった堂島《どうじま》は、家並みこそ高層ビル群に変わったものの、今も大阪のビジネスセンターとして機能している。日千不動産開発大阪支店は、去年そこにできた十五階建てビルの五階から七階までを占めていた。ビル自体も、もちろん日千の所有だ。

相澤は、五階の応接室で三人の男と向き合っていた。右端の一人は、加島《かじま》という課長。以前から相澤が商売をしている相手だ。真ん中に座るのは加島の上司で、大阪支店マンションン事業部長の古賀《こが》。四月の異動でこちらに来たらしく、相澤は初対面だった。特徴のない中肉中背の加島と違い、柔道でもやっていたのか、立派なガタイをしている。

相澤は、どうも落ち着かない気分だった。加島から部長が会う、と聞いたときは、買収成功の労いの意味で上級幹部が挨拶に出るのだ、と気をよくしたのだが、こうして応接室で対座してみると、どうも空気が妙だった。浮ついた感触はまるでなく、むしろ重さが感じられた。

(その半分は、こいつのせいやな)

相澤は左端の人物に目をやった。白髪を短く刈った六十前後の男で、名刺によれば、総務部次長の坂野《さかの》とある。その顔に相澤は不穏なものを見た。こいつの目つきは、普通のサラリーマンではない。裏社会とさんざん付き合ってきた相澤には、はっきりわかった。

(こいつは、マル暴や)

企業が防犯対策に警察ＯＢを雇うことは多い。坂野もその一人に違いなかった。彼の存在は、今日の話が楽しいものではないことを暗示していた。

（しかし、何でや）

買収は首尾よくいった。手段は好ましいとは言い難いが、今さら難癖をつけられる筋合いではない。何の問題があるというのだ。

「相澤さん、加島から聞いています。帝塚山の件ではお世話になりました」

古賀は型通りそう挨拶したが、声に抑揚がなかった。相澤の頭で警報が鳴った。

「いや、まあ、おかげさんで、お望みの通り土地は確保できました。初めのお話では、三十五億いうことでしたな。一括でお支払いいただけるんやったら、すぐに引き渡せるよう段取りさせてもらいますで」

できるだけ愛想よく相澤は言った。加島とは、新地の割烹でそういう約束を交わしていた。契約書こそないが、これまでもそうやって仕事を受けてきたのだ。

しかし、古賀の反応は相澤の望むものではなかった。

「それなんですがねえ、相澤さん」

古賀は全く笑みを浮かべずに、やはり抑揚の少ない声で言った。

「帝塚山西の南海電車に近い側で、光隆《こうりゅう》ホームが同じようなマンションを建ててるのを、ご存知でしょう」

「え？　はあ、知ってますけど」

「条件はうちの計画と似たようなものなんで、価格帯も同じだろうと踏んでたんですがね」

光隆ホームは業界では日千より下位だが、売上高三千億の堂々たる上場企業だ。帝塚山西の物件は、相澤が買収して日千がマンションを建てる予定の例の土地から、直線で数百メートルのところにある。販売は光隆のほうがずっと先行するので、その動向は日千がベンチマーキングしていたはずだ。そこで何かあったのか。

「ところがです、販売価格は坪単価で五百万から五百五十万と見ていたんですが、蓋を開けてみるととんでもない。坪単価三百八十万で出そうとしてるんですよ」

「何ですてェ、三百八十万！」

何と、一気に三割近い値下げではないか。売り出し前からそんな大胆な下げ方をするのか。しかし、数字を口に出すからには、確かな筋の情報なのだろう。

「何でそんなことに」

「おわかりになりませんか。地価の上昇はもう止まっています。というより、実勢価格は一部の地域で下がり始めてる。去年政府が打ち出した総量規制がじわじわ効いてきてるんです。地価が上がり過ぎて、一般の人が誰も家を買えなくなれば、もはや正常な不動産売買は成立しない。投機だけの世界になってしまう。そうなれば値崩れが起きるのは自明の理でしょう。あなたも気づいていたはずでは？」

その通りだった。誰も見たくない現実だが、破綻はすぐそこまで忍び寄ってきていたのだ。業界の人々は表面では笑いながら、それがいつ始まるかと固唾を呑んでいた。相澤も、この帝塚山が最後の勝負だと思ったからこそ、強引に事を進めたのだ。

「光隆は、引き金を引こうとしています。この物件が売り出されれば、息を詰めて様子を見ていた連中が、雪崩を打って値下げに走るのは目に見えている。うちの帝塚山計画は坪単価五百四十万で計算してたんですよ。一室平均八十平米、一億三千万ほどです。しかしこうなると、光隆に合わせざるを得ない。建物のグレードはうちのほうが高いですが、止むを得ません。坪単価を光隆と同じ三百八十万として、一室九千二百万ちょいですな」

坪単価三百八十万。相澤は頭の中で何度も繰り返した。加島から聞き出した話では、このマンションの計画戸数は四十六。それなら、当初計画では一億三千万×四十六で六十億の売り上げだったのが、四十二億三千万くらいまで下がってしまう。相澤に土地代を三十五億も支払ったら、建物の建築費が賄えなくなる。背筋に冷たいものが走った。

「そこで、おわかりかと思いますが、この売り値で採算を合わせようとすれば、土地代を大幅に下げなくてはなりません」

「そう言われましてもなあ。三十五億、ちゅう約束は守ってもらわんと。こっちも元手がかかってまんのや」

相澤は声のトーンを下げ、古賀をじろりと睨んだ。この先の話を言い出しにくいよう、くぎをきかせたつもりだ。だが、古賀は全く動じなかった。

「それは、とても無理ですな。これを事業として成り立たせるには、二十三億が限度です」

古賀は、さらりと言ってのけた。たちまち相澤の頭に血が上った。

「二十三億やと！　ふざけるのもええ加減にせえ」

右手でテーブルを、置かれた湯呑みが跳ね上がるぐらいの勢いで叩いた。加島が一瞬、びくっと肩を震わせた。が、古賀と坂野は眉ひとつ動かさなかった。その態度は、相澤の神経を逆撫でした。くそっ、俺はどん底から修羅場重ねて這い上がってきたんや。大企業の頭でっかちどもに舐められてたまるかい。

「ええか、こっちはなあ、買いつけにそれ以上の金、使うとんのや。三十五億ちゅうのが約束やろうが。そんな話、呑めると思うとるんか、こら」

地上げには、太仲組の連中も使った。当然、連中に払う費用もかかる。しかも、去年まで湯水のように相澤に金を貸し込んでいた京阪神銀行が、融資を渋りだしている。そのため、繋ぎで闇金からも資金を調達していた。一切合切を合わせると、借り入れは相当なものになっている。それらを一気に綺麗にできるはずの、帝塚山計画だったのだ。

「なあ加島はん、あんた確かに三十五億、ちゅう話、したわなあ。今さら違うとは言えんで。口約束でも契約ちゅうのは、成立するんやさかいなあ」

相澤は加島に目を向け、なぶるように言った。加島との付き合いはそれなりに深く、公共の場所では口にできないような店でのお楽しみも提供している。それは大きな弱みになるはずだ。だが加島は、俯いたまま背を丸めて何も言わなかった。

「それは少し違いますね。加島は三十五億という数字を口にしたかも知れませんが、それはあくまでその時点での計画です。市場の状況が変わらなければ、という条件付きだったと思いますが」

古賀は悪びれもせずそう言い放った。相澤は目を剝いた。

「何をぬかしとるんじゃ。そんなもん、聞いとらんわい！」

「いや、言ってると思いますがね。しかしまあ、言った言わんの話になったら決着がつかんでしょう。いずれにしても書面はないわけですし」

古賀はそう言いながら、ちらりと加島に目をやった。よく見ると、加島の肩は小刻みに震えている。相澤はそれで悟った。日千は加島を切り捨てたのだ。そうしてあくまで三十五億についてはシラを切るつもりだ。加島を揺さぶっても意味はないのだ。

何ちゅう奴らや。相澤は怒りに震えた。さんざん甘い汁を吸っておきながら、ちょっと形勢が傾いたらあっさり切るんか。俺も手が綺麗とはお世辞にも言えんが、こいつらの手は真っ黒やないか。相澤はまっすぐ古賀の目を覗き込み、挑むように言った。

「なあ、あんたら。あんまり舐めた真似、せんほうがええで。この件にはなあ、危ない連中も関わっとるんや。そいつら怒らしたら……」

「太仲組のことを言うてるんやったら」

それまで一言も発していなかった坂野が、突然口を開いた。相澤よりもさらに、ドスの利いた声だった。

「それ以上は口にせんほうが、あんたのためでっせ」

「何やと」

相澤は怒鳴り返そうとして坂野のほうを向いたが、言葉を呑み込んだ。その目力は、一睨みで極道を黙らせる凄みを帯びている。相澤が太仲組の名前を脅しに使えば、坂野が手を回すに違いない。大阪府警のマル暴と相澤を天秤にかけたとき、太仲組がどちらに与《くみ》するかは考えるまでもなかった。

「はっきり申し上げておきますが」古賀が言った。

「あくまで三十五億にこだわるなら、我々は計画を取り止め、手を引きます。二十三億、それが我々の唯一の提案です。よくお考えを」

「ふん、上等やないか」不利を悟った相澤は、虚勢を張って鼻で嗤うように言った。

「今日はこれで帰ったるわ。このまま済むと思うたらあかんで」

捨て台詞を残し、相澤は席を蹴った。それを見送る古賀と坂野の視線は、冷ややかなものだった。

日千のビルを出た相澤は、そのまま中之島公園まで歩き、ベンチに座ってダンヒルのタバコに火を点けた。頭を冷やす必要があった。喫茶店に入れば、怒りに任せてコーヒーカップを叩き割りかねないので、ここが一番安心できた。

まずい状況だった。これほど簡単に手の平を返されるとは。訴えることもできなくはなさそうだが、それは両刃《もろは》の剣《つるぎ》だった。安井の婆さんに取り入って土地を手に入れたとき、相澤は記憶の混濁した婆さんをうまく言いくるめ、二年前の価格で土地を購入したように装った契約書を作ったのだ。調べられたら、詐欺か私文書偽造で有罪になるのは間違いなかった。もしかすると、日千が相澤を切り捨てたのは、そのことに気づいたからだろうか。

とにかく、どうにかして金を調達しなければならない。日千の提示額を呑めば、二億の赤字になる。現状で二億の赤が出れば、会社は破産する。土地を日千以外に売る手もあるが、光隆が値下げしてしまった以上、日千と同程度の額でなければ買い手はつくまい。土地を持ったままなら帳簿上赤字にはならないが、現金がないため借金を返せない。そのうえ来月末には井部に土地代金を払う契約なのに、支払う金がどこにもない。このままでは八方ふさがりだ。

（二時間前までは、すべてがうまくいくはずやったのに……）

相澤は、ベンチに座ったまま天を仰いだ。

さらに二時間考えたが、いい知恵は浮かばなかった。いつまでもこうしてはいられない。

幸い、怒りは落ち着いてきたので、会社に帰ることにした。日千には目立つのを避けて派手なメルセデスは使わず、タクシーで来ていたから、部下の運転手に心配をかけることも当たり散らすことも、幸いにしてなかった。

会社のドアを開けて中に入った途端、寺西が叫んだ。

「社長！ どないしはったんです。えらい遅かったやないですか」

「いや、まあいろいろあってな。何かあったんか」

寺西の顔は、ずいぶんと困惑しているように見えた。帰りが遅いのを気にしていただけやないな、と直感した相澤は、寺西を促した。

「はあ、実は京阪神銀行から連絡が来まして……」

おずおずという調子で、寺西が切り出した。あれだけ追加融資を頼んでいたのになしのつぶてやった銀行が？

「何や、あいつらさんざん焦らしよって。やっと金出す気になったか」

だとすると、状況はまた好転する。闇金への返済分か土地代金の支払い分だけでも確保できれば、まだ泳ぎようはあるはずだ。

だが、寺西の次の言葉は、そんな甘い期待をあっさりと打ち砕いた。

「いやそれが、逆ですねん。この前、帝塚山の大仕事があるから、言うて六カ月の返済猶予受けた分、あれを今月末で返済せえ、て言うてきよりましてん。そんなアホな話があるか、て言うたら、帝塚山の件はもう当てにならんとかぬかしよって。怒鳴りつけたんでっけど、社長が帰ったら連絡ほしい、て……」

その夜、店に現れた相澤の様子は、明らかにおかしかった。店に入ったときにはすでにかなり酔っていて、足元も不確かだった。接客に出たリカは、どうしたん相澤ちゃん、今日はずいぶんイッてるねえなどと笑っているが、アユミの見たところ明らかに当惑していた。

「え? ああ? そないに酔うてるかいな。馬鹿にしとったらあかんで。ほんまにアホどもが。大きな会社やから言うて、好きなことやりやがって。何様じゃい、あんな連中……いや、こんな話してもしゃあないわなあ。もっと楽しい話、しよか」

ボックス席にへたり込むように座ると、覚束ない舌で、愚痴や意味のない冗談を撒き散らし始めた。待機中の席からアユミがじっと見つめているのには、全く気がついていない。リカはそんな相澤をなだめすかして、他の席に迷惑がかからないよう制御していた。その辺の扱いは、さすがにナンバーワンだ。

「ああ、もう安い酒飲んでる場合違うわなあ。よし、ドンペリや。リカちゃんのために、ドンペリ入れよ」

呂律《ろれつ》が回らないので、「ロンメリ」と聞こえた。聞きつけた黒服が寄って行ったが、リカは相澤に見えないよう、黒服に向かって強くかぶりを振った。リカの目はひどく冷たい輝きを帯びているように見えた。どうやらリカは、今までにない相澤の醜態から破滅の匂いを嗅ぎ取り、見限ったようだ。こうなれば、あとは回収不能のツケをいかに回避するかだ。

「アユミさん、アユミさん、五番です」

スピーカーから呼び出しが聞こえ、アユミは席を立った。五番ボックスへ行く途中、マキと目が合った。アユミは相澤のボックスを顎で示し、薄笑いを浮かべて頷いた。マキは頷きを返し、接客中の相手に気づかれないようにしながら、右手を出して親指をぐっと立てた。

店を出たときは、十一時半になっていた。本当は朝まででも飲んでいるつもりだったのだが、気がつくと店から出されていた。いや、自分から出たのかも知れない。記憶は途切れ途切れだった。

タクシーに乗ろうと、相澤は天王寺駅のほうへ向かった。家へ帰るのか、別の店へ行くのか、それも決めていなかったが、路上で寝込むつもりもない。なら、どこかへ行かねば。

ふらふらと、天王寺駅前の阿倍野筋に出て行った。タクシーを求めて顔を上げると、電車が見えた。オレンジ色の広告を塗られた、旧型の電車。相澤を待っていたかのように、ドアを開けて停まっている。そうだ、電車だ。子供の頃から、面白くなかったり辛かったりしたときは、電車に乗ることが癒しだった。ならば今は、電車に乗るときだ。

いくらかよろめきながら、相澤は通りを渡って乗り場に行った。

近づくと、番号が読み取れた。一七七号。またこの電車だ。ずいぶん縁があるやないか、と相澤は車体を軽く叩いた。ひょっとして、この電車は哀れな俺を迎えに来てくれたんかも知れん。

手すりにつかまって、何とかステップを上がり、乗り込んだ。車内には数人の客しかいない。相澤は長い座席の真ん中あたりに、どしんと落ちるように腰を下ろした。それを待っていたかの如く、ドアが閉まり、自動放送の発車しますという声が、天井から降ってきた。電車が動き出し、床下からごろごろと走行音が響いて、モーターの唸りが徐々に高まると、相澤は安堵に包まれていった。

ふと目を開けた。いつの間にか、外がうっすら明るくなっていた。しまった。どうやら夜明けまで眠ってしまったらしい。見回すと、乗客は他に誰もいなかった。どこまで来たのだろう。窓の外に見覚えのない家並みが、ゆっくりと流れて行く。マンションやコンビニは見えない。ずいぶん古びた家が、ただ連なっていた。街灯がちらほら見えるが、早朝のせいか人影は見えなかった。

変だな、と相澤は思った。路面電車が、こんな明け方まで夜通し走っているなんて。いや、そもそもここはどこだ。停留所に停まればわかるかと思ったが、しばらく待っても停留所には着かなかった。ただ速くもなく遅くもなく、一定の速度で電車は進んで行く。相澤は、落ち着かなくなってきた。

家並みが急にまばらになり、視界が開けた。そこは放棄された田んぼのような荒れた原っぱで、立ち枯れた木や、捨てられたゴミが所どころに見えた。何だろう。大阪に、こんな荒涼とした場所があったか。背筋に嫌な感覚が走る。

前方に、低い山が見えた。いや、山というより丘だ。視界いっぱいに右から左へ、壁のように続いている。線路の先にはトンネルが口を開けていた。阪堺電車にトンネル？　そんなもの、あるはずがないのに。

トンネルは次第に近づいてくる。煉瓦積みの、古びたトンネルだった。ひどく不吉な思いにとらわれ、相澤は立ち上がろうとした。運転士に、降ろしてくれと言うつもりだった。だが、足に力が入らなかった。座席に糊付けされたように、どうしても立てない。運転士に助けを求めようとしたが、声も出なかった。相澤は焦って手を振り回したが、運転士は気づく素振りもなかった。

電車がトンネルに入った。真っ暗にはならない。車内灯は点いていたし、大きなトンネルの中はまだそれほど暗くなく、煉瓦の壁が見えた。そのとき、はっと気づいた。運転士と自分以外誰もいなかったはずの車内に、客がいた。後ろのほうに二人、向き合う形で座っている。その二人には見覚えがあった。一人は何年か前、相澤に店と土地を奪われ、首を吊った初老の男だった。もう一人は女。呆けが進行して老人ホームから出られないはずの、安井の婆さんだった。

相澤は、ぞくりとした。何でこいつらがいるんだ。その二人は、話しかけたり恨み言を漏らすでもなく、身じろぎさえしない。それが異様で、ひどく不気味だった。電車はただ、深くなる闇の奥へ向かって進んで行く。相澤は必死で立とうとした。この先にあるものを考えるのが、恐ろしかった。堪らなくなって叫んだ。助けてくれ、と。声にはならなかった。闇が迫ってきた。

「お客さん、お客さん、大丈夫でっか。起きれますか」

体を揺さぶられ、相澤は目を開けた。はっとして、跳ね上がるように体を起こした。目の前に、驚いた顔の運転士が立っていた。

「ど、どこや、ここは」

慌てて叫ぶ。声は、ちゃんと出た。

「終点の我孫子道です。この電車、車庫へ入りますんで」

困惑顔の運転士に言われて、周りを見回した。外は夜中で、白っぽい街灯が踏切と街路を照らしている。ホームに「あびこみち」と書かれた駅名標が見えた。

「何や、どないしたんや」

開いたドアから、誰かが乗り込んできた。相澤はぎょっとしてそちらを向いた。だがそれは、首を吊った男でも安井の婆さんでもなかった。

「あ、池山助役。こちらのお客さんが、寝込んでうなされてはったんで……」

その助役は頷き、相澤の傍らに屈み込んだ。

「大丈夫ですか。降りれますか」

「あ、ああ、大丈夫や。自分で降りる」

足にはちゃんと力が入る。ゆっくり立ち上がった。あれほど酔っていたのに、もう半分ほどは醒めていた。

「どちらへ帰りはるんですか。電車はどっち方向も、もうありまへんけど」

「タ、タクシーや。タクシーで帰る」

「わかりました。タクシー呼びますから、電車降りてそこのベンチで待っとって下さい。たぶん、二十分ぐらいかかりますわ」

池山助役と運転士が手を貸そうとしたが、相澤はそれを振り払うように一人でステップを下り、よろよろ歩いてホームのベンチに座り込んだ。池山は、そこにいて下さいと言って、電話をかけに行った。運転士は車内に戻り、ドアを閉めるとすぐに発車して車庫へと向かった。相澤は、しばしベンチに一人残された。

「やれやれ、しょうもない夢を見たもんや」

声に出して、そう呟いた。あんな夢を見るのは、中学生以来だろうか。

「どうやら、終わってしもたな」

それは相澤だけのことではなかった。一旦歯止めが外れれば、富士山より高く上がり切った地価は、奈落へ一直線となるだろう。見えない所で、この社会にはあちこち無理がかかっているのだ。崩れ出すと、簡単には回復しないだろう。

(誰かが言うとったな。バブル、か。そうや、バブル景気。いま、バブルがはじけたんや)

相澤は、夜空を見上げてふふっと笑った。バブル、あぶくとは上手いこと言うたもんや。俺らの摑んだのは、まさしくあぶく銭やった、ちゅうこっちゃな。それも終わり。全員参加のパーティーは、もう終わりや。

それにしても、と相澤は一七七号電車の入って行った車庫を見ながら思った。パーティーの終わりが夢の中の幽霊電車とは、いかにも俺らしいやないか。ひょっとしたらあの電車、俺を叱り飛ばしたかったんかも知れんな。相澤はひょいと肩を竦めた。

けど、これで終わる気はないぞ。また一から出直しや。いや、借金片づけとらんから、マイナスからの出直しか。相澤はポケットを探り、ダンヒルの箱を取り出した。中を見ると、残りは二本だった。

(頼み少なや、煙草が二本、か)

昔の軍歌の一節を思い出し、相澤はまた笑った。

「それで結局、どないなったん。畑中先生から聞いたんやったら、説明してえな」

難波のカフェに座ってパスタを食べながら、アユミは向かいに座るナツキに言った。出勤前の夕飯だ。マキは客との同伴があって、この場にはいない。

「うん、私もあんまりようわかってないけど、畑中先生、光隆ホームと契約してて、ずっと助言とかしてたんやて。それで帝塚山西のマンション、もう値下げせんと売り切られんようになる、言うて光隆を説得したらしいわ」

「それで日千も値下げせなあかんように追い込んだんか……」

そんなやり方があろうとは、想像もしなかった。一カ所を押しただけで、積木のようにあちこちが崩れてしまうとは。

「結局、時間の問題やったんやろね。日本中のあちこちで同じようなことが起きてるて、先生言うてはった。当分不景気になるやろな、って」

「それ、うちらの商売にもよくない話と違う？」

「そうかも知れんけど、まあどうなるんかわからへんわ」

ナツキはまるで他人事のような顔で言った。

「まあ、難しい話はええわ。あと、残ってるんは最後の仕上げ」

アユミは紙ナプキンを唇に当ててから、改めてナッキに言った。

「徹底的に行くんやね」

ナツキはニヤッと笑って肩を竦めた。


目当ての男がマキに同伴され、覚束ない足取りで店に入ってきたのは、九時過ぎだった。目ざとくその姿を見たアユミは、黒服に合図した。その客は、自分とナツキが扱うと事前に話を通してある。男は案内された六番のソファにどさりと座ると、大きな溜息をついた。見かけほど酔ってはいない、とアユミは思った。落ち着かない様子は、ストレスのせいに違いない。マキがアユミに目配せした。仕込みは充分、らしい。アユミは小さく笑みを浮かべて頷いた。

アユミは男の隣に「いらっしゃーい」と愛想を振りまいて座った。

「どないしはったん。元気なさそうやねえ、寺西さん」

「ふん、まったくどうもこうもあるかいな。やってられんわ」

相澤の部下、いや部下だった寺西は、いきなり大声でぼやいた。アユミは心中ほくそ笑んだ。思惑通り、苛ついている。そこへナツキが来て、寺西を挟んで座った。

「アユミちゃん、ナツキちゃん、寺西さんたち、ほんまにお疲れみたいやで」

マキが心底同情しているように言った。

「ふうん、そうなん。よしよし、私らが癒してあげるさかいなぁ」

「ほんまやで。お腹に面白ないこと詰め込んだままやったら、気が滅入るやろ。ここやったら、何言うたかて会社の人、聞いてないから」

「会社かい。ふん、会社なんてもうあらへんわ。クソ社長が……」

アユミは寺西に気づかれないようナッキと目を合わせた。相澤が会社を放り出して逃げたためにすべてを押しつけられる形になった寺西は、相澤への恨みつらみを相当ため込んでいるに違いない。今のこの様子なら、全部吐き出させるのに手はかかるまい。

寺西は相澤のお供で何度もこの店に来ており、如才ないマキが前から寺西にもたっぷり粉をかけておいたのだが、それが今、役に立っていた。

「いやぁ、何かあったん？」

「何か、どころやないわ。会社は飛んでまう、社長は逃げてまう、クソまみれやで。揚げ句に全部押しつけくさって。あの社長、俺にさんざん悪さ手伝わしといて、最後はこれかい。ふざけんなや」

「へえ、寺西さんて、そんなに悪さしはったんや。すごいなぁ。聞かしてぇ」

アユミは猫なで声ですり寄った。寺西がたちまち鼻の下を伸ばす。

「あかんで。言われへんようなことやがな。まあ、俺もいろいろ危ない橋も渡ったさかいな」

「わあ、それ、かっこええやん。ハードボイルド？」

「はっ、そんなええもんやない。どぶ板やで」

言いながら寺西は、満更でもない顔つきになってきた。理不尽な目に遭ったときにプライドをくすぐられると、男は弱い。寺西は所詮小者。この調子なら、簡単に歌いだすだろう。相澤が裏でどんな違法行為に手を染めていたか、についても。


寺西がすっかりいい気分になって店を出たのは、午前一時頃だった。寺西は千鳥足でトイレに向かいながら「タクシー呼べ……」と、もごもご言った。ナツキが脇から支えていた。その間に、隣のボックスにいた背広姿の二人の客が、耳からイヤホンを外してすっと立ち上がった。二人はそのままほとんど口もきかず、急ぎ足で店の外へと出て行った。寺西より先に出て、店の外で待ち構えるつもりなのだろう、とアユミは思った。

寺西を送り出したナツキが控えに戻ってくると、待っていたアユミとマキが、「やったね」と親指を立てた。

「寺西、タクシーで帰ったわ。あの刑事さんたち、他のタクシーで尾行していった」

「ま、どうやらうまいこといったみたいやね」

アユミは満面に笑みをたたえ、マキのほうを向いた。

「マキさんのおかげやわ。まさかマキさんのお客に二課の刑事さんがいてたやなんて」

マキも笑い、大したことないとばかりに手を振った。

「点数稼ぎのチャンスになる事件があるて言うたら、すぐ乗ってきたわ。マイク仕掛けて聞いた話は直接証拠にできるかどうか知らんけど、寺西を引っ張る理由にはなるやろし。取調室に入ったら、あの男、五分ももたんのと違う？　自分が助かるよう、相澤のしてきたことをみんな喋るわ」

マキはそう言ってからまた、面白そうに笑い、ちらりと入り口に立つ店長を見た。店長は素知らぬ顔だ。相澤に二百万のツケを踏み倒された店長とリカは、アユミたちのやることに目をつぶっている。

「みんな、ほんまおおきに」

アユミが頭を下げると、マキもナツキも急いでかぶりを振った。

「そんなん、ええよ。私らも気分よかったから」

「それに、畑中さんばっかり働かしとくのも、なあ」

三人は黒服が何事だろうという顔で見ているのを尻目に、右手を出してぱん、と打ち合わせた。

「やっと片づいたねえ」

アユミと二人で難波のカフェの窓際に座ってカシスオレンジを啜りながら、ナツキが言った。

「あの相澤も、警察に手配されるんやろ?」

寺西はアユミたちの店で策略にかかった三日後、任意で引っ張られた。昨日マキから聞いたところでは、思った通り、警察で喋りまくっているらしい。

「うん、まだ聞いてないけど、そうやと思う。これでほっとしたわ」

アユミはふう、と肩を落とし、息を吐いた。相澤がどこかで再起して、また誰かを泣かせるようなことはない。そう思いたかった。ナツキもよかった、という風に頷いた。

「私は何より、井部さんが土地を売らんでようなって、ほっとしたわ」

井部が土地を売ると相澤に告げたのは、目的の土地の買収契約が全部完了したことになって相澤に代金支払い義務が生じるという、契約条件を逆手に取った畑中の作戦だった。買収契約ができたために資金繰りに詰まるという皮肉な結果だが、相澤自身が招いたものだ。

最終的に日千はこの件から手を引いた。金が必要だったクリーニング店の山川だけは、日千にねじ込んで土地を買わせることに成功した。日千にしてみれば、迷惑料を支払って収めた程度の感覚だろう。今は建物の解体中で、おそらくは駐車場になる。

もともと土地を売りたくなかった福村と出口は、違約金相当分をもらって元の鞘《さや》に収まった。温泉場へ移ろうかと言っていた小野も、結局住み慣れた場所がいいと解約を承諾したそうだ。一度壊れかけた隣人関係だが、事が終わったのだし、長年の付き合いがあるのだから、時間が経てば元に戻るのではないか。

安井家の土地は宙に浮いた形だが、感づいた遠い親戚たちが動き出したらしい。親族間でひと悶着あるかも知れないが、それはアユミたちの与《あずか》り知らぬところだ。

「アユミさんも、これで満足したやろ」

「うん、まあ……。けど、いざ終わってみると何か、なあ。勝ったんは大企業、みたいな終わり方やし、ちょっと複雑かもなあ」

アユミは言葉通り、複雑な笑みを浮かべた。

「復讐は虚しいもんや、って、この前見た映画のセリフにあったわ」

「何やのん、それ」

ナツキがツッコミを入れ、アユミはまた笑った。今度は素直な笑みで。

「でもあんたもマキさんも、よう協力してくれたなあ。ほんま、おおきに」

アユミが丁寧に頭を下げると、ナツキは慌てて手を振った。

「いや、そんなん……私は野次馬みたいなもんやし。まあ、マキさんも思うところがあったんやろけど」

「思うところ？」

「うん、結構苦労したみたい。何かねえ、親戚の叔母さんか誰かが大きな事件起こして、刑務所に入ってたらしいねん。マキさんにも風当たりがあったみたいで。せやから、立場弱い人が痛い目に遭うの、放っとかれへんかったんかもなあ」

人の過去には、いろいろあるのだ。府警の刑事と知り合いだったのは、その親戚のことが関係しているのだろうか。

「畑中先生にもえらいお世話になったけど、お礼とかせんでええんかなあ。コンサルタントのお仕事やし、ほんまやったらお金払わなあかんのと違う?」

「ううん、そんなことないよ。先生も、光隆に話したんはもともとの仕事の一部やし、気にせんでええ、って」

「そうなん。申し訳ないなあ。もし店に来てくれたら、うちが全部タダでサービスする、て言うといて」

「えー、先生、たぶん私らの店には来えへんよ。そういうスタイルと違うし」

「それは残念やなあ」

アユミは本気で残念に思った。

「なあ、井部さんのたこ焼き、また食べに行こか」

「うん。そやね」

ナツキも明るく笑った。

髙島屋の前でアユミと別れると、ナツキはそこに並んだ電話ボックスに入った。テレホンカードを入れ、もう覚えた番号を叩く。三回のコールで、相手が出た。

「はい、畑中事務所です」

「私」

「ああ」畑中の口調が、柔らかいものになった。

「アユミさんは、納得してくれたんか」

「うん。お礼せなあかん、て気にしとったけどね。それは止めた」

「そうか」

「日干に光隆のこと漏らしたことも、京阪神銀行に帝塚山のこと告げ口して煽ったことも、言うてないから。そこまでしてくれたこと知られたら、アユミさんも変に思うし」

「そうやな」畑中は静かに言った。

「あんたは何で彼女をそこまで応援しよう、ていう気になったんや」

「それはなあ」ナツキは嘆息してから、言った。

「えらい目に遭うて家族が壊れた人の気持ち、わかるからや」

畑中が一瞬、絶句する気配がした。

「そうか」

畑中の声が、さっきよりいくらか小さくなった。それから、ためらいがちに続けた。

「なあ、ほんまに、もしよかったらやけど……」

「それは、あかん」ナツキはぴしゃりと遮った。

「今回助けてもらったことには、お礼言うとく。ほんま、おおきに。せやけど、お母ちゃんを捨てたこと、まだ許したわけやない。事情があったんはわかるけど、そんなんで割り切れるもんと違う」

畑中はまだ何か言おうと、言葉を選んでいるようであった。が、ナツキは先を続けさせはしなかった。

「ほな」

一言そう言って、ナツキは受話器を置いた。そしてカードを引き抜くと、傾いた陽射しに照らされた難波の雑踏の中へ出て行った。

「……次のニュースです。鹿児島県警は今日、詐欺容疑で指名手配されていたもと不動産会社社長、相澤惣太容疑者を鹿児島市内のホテルで逮捕しました。相澤容疑者は大阪市住吉区の地上げに絡んで、資産家の老人を騙し、不当に安い値段で土地を売らせた詐欺の疑いで大阪府警から指名手配されており、かなりの余罪があると見られることから、府警本部では相澤容疑者の身柄を大阪に移し、厳しく追及する方針で……」

第六章　鉄チャンとパパラッチのポルカ

――平成二十四年七月――

あのバブルちゅう騒ぎが終わってから、失われた二十年、やったか。どうもまあ、あんまり景気のええ話はしばらくあらへんかったなあ。大きな地震もあって、どうなるこっちゃと思うたけど、みんな何とかやってきたわ。わしらみたいに戦争を知ってる者にとっては、不景気ぐらいどうっちゅうことあらへん。いやいや、強がりと違うで。戦前戦中派、ちゅうんはそういうもんや。

せやけどおかしなもんやなあ。ちょっと前まで、わしらみたいな年寄りが走ってきたら、何やボロ電か、てお客さんらは顔しかめとったのに、いつの間にか、レトロやとか古風やとか味があるとか、変に持ち上げられるようになっとったわ。さすがに冷房がつけられへんので、夏場は敬遠されたけど、窓開けて自然の風が入るんが素晴らしいとか言い出す者も出る始末で。人の好みちゅうんは、時代でどんどん変わるんやなあ。

そんなこんなで、有難いことに大事に手入れされて、八十超えても現役や。まあ、会社が貧乏でようけ新車を買えんかっただけのことかも知れんけどな。あ、これは社長に言わんといてや。

で、気ぃついたら、なんとわしらより古い電車は、日本中探してもほとんどおらんようになってしもた。記念物扱いで保存されとるわけやなくて、普通に毎日お客さん乗せとるのがすごい、て言われるようになった。いつ頃からやったかなあ、カメラ持った連中が寄ってきてわしらを撮るようになってな。アイドルやあるまいし勘弁してくれ、て思たけど、慣れたらカメラ向けられるんも悪うない気になってきたわ。ときどき、撮るのに夢中になって車にはねられそうになっとるのがおって、冷や冷やするんやけどな。命かけるようなこと違うんやから、ほんまに注意してや、頼むで。

そういうわしらを撮る連中のこと、最近は何て言うたかな。ああ、そうや。鉄チャンや。撮り鉄、とも言うたか。この頃は、休みになったらだいたい出てきとる。記念乗車券とか一日乗車券とかいろいろ買うてくれるんで結構やねんけど、まあその、ご苦労なこっちゃわな……。

空の色が群青から文字通り目の覚めるような青に変わり、顔を出した朝日が通りの向かい側のマンションの窓に反射してきらめいている。歩道に立った永野《ながの》幸平《こうへい》は、首からストラップで提げたキヤノンのデジタル一眼レフに右手を乗せ、左手の腕時計を確かめた。あと十五分ほどだ。

もう一度カメラを持ち上げ、ファインダー越しに目の前の阪堺電車の軌道を眺めた。十五分後には我孫子道の車庫を出た始発電車が、この住吉へやってくる。目当ての一六一形が充てられている可能性は高い。幸平は大きな欠伸をした。今日は午前中いっぱい、この沿線で撮影を続ける予定だ。東京の大学に通う自分としては、ここまで来た機会を充分に活用しなくてはならない。午後はJR阪和線のほうへも回るつもりだった。

今や現役最古の電車となった阪堺電気軌道モ一六一形は、夏場は朝しか走らず、ラッシュが終われば後は車庫で寝ている。構造上、冷房が取り付けられないためである。あと一、二年後に次の新車が入って冷房車が充足されれば、夏場の運用はなくなる予定だ。幸平はその夏場の朝の走行風景を写真に（今は「データに」と言ったほうが正確かも知れないが）収めるつもりだった。夏以外はまだ当分走るのだから慌てなくてもいいようなものだが、その辺は幸平の「鉄チャン」としてのこだわりであった。

幸平は肩から掛けたカメラバッグに突っ込んでいた緑茶のペットボトルを出し、一口飲んだ。自販機で買って十分くらいなのでまだ冷えている。が、気温はすでに上がり始めていた。三時間もすれば熱中症が心配されるような陽気になるだろう。それでも街中なので、必要なら冷房の効いた喫茶店に避難することもできる。

阪堺電車の沿線、特に帝塚山から姫松周辺には洒落たカフェやレストランが多い。ここ住吉や天王寺周辺には、いかにも昭和な純喫茶や洋食屋もある。一方で住吉大社をはじめ安倍晴明神社など、古い神社仏閣も数多いので、それらを組み合わせて沿線を街歩きする若い女性グループも、最近は多いらしい。もっとも、撮り鉄がメインの幸平には縁遠い話だった。

さすがに早朝のこの時間では街歩きを楽しむ人はなく、通勤時間にもだいぶ間があるためか、住吉大社正面のこの通りも人影はなかった。住吉大社の南側の脇に路上駐車しているSUVが一台見え、それだけが何故かこの町の調和を乱しているような気がした。

駐車中のSUVの運転席で、勝間田《かつまだ》康昭《やすあき》は缶コーヒーをぐいっと飲み干し、欠伸をかみ殺した。昨日の深夜から徹夜でここに座り込んでいるのだ。膝の上にはキヤノンのデジタル一眼レフ。勝間田は知らなかったが、奇しくも数十メートル離れた歩道に立っている幸平のものと同機種だった。だが、こちらは二百〜四百ミリの大型望遠ズームレンズが取り付けられている。

（やれやれ……すっかり朝やないか。いつまで待たなあかんねん）

勝間田はぼやきながら膝のカメラを撫でた。それこそは勝間田の商売道具だ。そして彼の目は、ずっと通りの向かいのマンションの玄関口に吸い付いていた。そのマンションはシックなダークブラウンの八階建てで間口は二十メートル余り。ガラスの自動ドアの脇に、「エルゼ住吉」と記されたプレートがはめ込まれている。

（せやけどまあ、これでお泊まり確定や。言い逃れでけへんわ、なあ）

勝間田は腕時計を確かめて、ほくそ笑んだ。標的《ターゲット》は三階の角部屋にいる。間違いないはずだ。昨夜遅く、標的を尾行してこのマンションに入るのを確かめ、写真も撮ってあった。入ってから四時間を過ぎたが、まだ出てきていない。途中でちょっとだけうとうとしたのは否定しないが、見逃したりはしていないはずだ。

（彼氏さんが送りに出てきてくれたら、完璧やねんけどな）

二人一緒に出てくるところが撮れたら、決定的なスクープだ。勝間田は期待を込めて玄関をじっと見つめた。

勝間田は、駆け出しのカメラマンである。それも、風景やスタジオ撮影をするカメラマンではない。有名人を追いかけ、何らかのスクープ映像をものにして写真週刊誌に売る。いわゆる、パパラッチであった。だが、これまでのところ美味しいネタにはありつけていない。

（それも、今日で変わるで）

今、目の前にぶら下がっているこのネタは、値打ちがある。一発でも実績を作れば、写真週刊誌から一定期間の契約を取れるかも知れなかった。

(ちょっとした、勝負どころやさかいな)

標的は、山田《やまだ》彩華《あやか》。大阪旭テレビの女子アナだ。入社四年目になる、なかなか華のある子で、関西ローカルのバラエティで人気を集め、今は全国区のゴールデン帯番組進出が取り沙汰されている。彼女が、昨夜遅く一人でこのマンションに入った。彩華のマンションは淀川の北、豊中市である。この住吉界隈には、本来縁がないはずだった。

勝間田はちらりと三階角部屋の窓を見上げた。夜中に彩華が来たとき、灯りがついていたのはわずか三部屋。動きがあったのは、その中でこの三階角部屋だけだった。二人分の人影が動くのも、レースのカーテンの向こうにかすかに見えた。

(上のほうの階やったら、全然見えんかったわな。俺は、ついてるんや)

こっそりマンションの玄関に行き、案内図で問題の部屋が三〇一号室であるのを確かめ、ロビー横の集合郵便受けのところへ行って、三〇一号室の主が「長谷川真砂夫」であることも確かめていた。防犯カメラで不審に思われないよう、さっと目をやっただけだが、それで充分目的は達した。長谷川真砂夫なる男が何者か知らないが、それは後からでも調べられる。単身赴任中の妻子ある男性とかで、これが不倫なのであれば言うことなしだ。

(しかし、ちょっと気になる奴がおるな)

勝間田は首を動かし、サイドウィンドウ越しに右手の先を見た。しばらく前に現れた男だ。今は歩道に立ち、ときどき腕時計に目をやっている。眼鏡をかけ、ポケットの多いシャツにジーンズ姿の中肉中背の男。学生風にも見えるが、気になるのは首から一眼レフを提げていることだ。肩に掛けたのはカメラバッグだろう。こんな朝早くに何をしているのか。

(野鳥とかおるわけでもないし、こんな街中で何を撮るんか)

まさか商売敵ではあるまいな、とも思ったが、それはなさそうだ。標的のマンションに注意を向けているようには見えなかった。

(いや、こっちを意識して偽装してるのかも知れん……)

考え過ぎだ、と理性は囁くが、この勝負時を前にしてはやはり気にしないわけにはいかない。いざ標的が現れたとき横から飛び出して、トンビに油揚げさらわれた、では堪らない。

(ありゃ、こっちへ来よる)

学生風のカメラマンが、歩道をゆっくりとこちらへ歩き出した。勝間田は緊張した。もしや、標的の動きが近いと感じてマンション前に陣取るつもりか。あるいはそのとき、俺を邪魔しようというのか。

(くそ、そうはさせへんぞ)

勝間田は車の中で身構えた。相手がどういう行動を取るつもりかわからないが、ここで邪魔させるつもりはない。いざとなれば……。

学生風の男は、ゆっくりと勝間田の車の前を通り過ぎた。通り過ぎるときにちらりと勝間田のほうを見たが、それだけだった。マンションには、やはり関心を示さない。男は結局、十メートルほど勝間田の前を行き過ぎてから、そこでUターンして同じ足取りで元いた場所へと戻って行った。

(何やあいつ。何をしようとしたんや)

勝間田は首を傾げたが、そっちにあまり気を回してはいられない。とにかく男は元の位置に戻ったのだ。今は標的に集中しなければ。勝間田は改めてマンションの玄関に視線を戻し、猫一匹逃すまいと目を凝らした。

幸平は、さっきと同じ立ち位置に戻って、ほうっと息を吐いた。通りを南へ百メートルばかり歩いて景色を見てみたが、電車を撮るのに今よりいいアングルは見つからなかった。後で通りの反対側から、住吉鳥居前に停まる電車と、大鳥居の前を通過する電車を撮ろう。誰でも撮るようなアングルだが、定番も大事だ。

(それにしても、あのSUVの兄ちゃんは何かな)

車の前を通るとき気がついたが、運転席に若い男が座っていた。自分よりは年上の二十代後半ぐらいに見えた。早朝というのにサングラスをかけ、望遠レンズ付きの一眼レフを持っている。こりゃあ同業者かな、と思ったのだが、どうも違和感があった。かなり強烈な陽射しの下以外ではサングラスの鉄チャンは珍しい。それに、レンズも大きすぎた。ここで使うなら、望遠は二百ミリ以下でいいはずだ。何より、あと数分で始発電車が来るのに、ベストアングルへ移動せずにまだ車の中にいるというのは、どうだろう。そう言えば、どうも電車の軌道より向かいのマンションを見つめているようでもあった。

（まさか、盗撮か）

一瞬そう思って、ＳＵＶを見た。が、それもちょっと変だ。あんな場所で、人通りもないのに何を盗撮するのだ。

（ひょっとして、誰かを監視しているとか）

まだそのほうが可能性はあるな、と思った。例えば、向かいのマンション。浮気調査を頼まれた探偵が、クライアントの亭主か誰かがこのマンションの住人と浮気している証拠写真を押さえようとしている、なんていうのが考えられる。

うん、それ、いいかも知れない。ならば早朝からあんな大きな望遠レンズを付けて待ち構えている理由が説明できそうだ。

（こんな朝っぱらから仕事だとすると、ご苦労だね。いや、徹夜仕事か）

幸平は肩を竦めた。まあ、こちらとしてはどうでもいい。目標の電車が現れたとき、撮影の邪魔にさえならなければ。

勝間田はまた少し気になって、学生風の男をちらっと見た。やはり、あの位置から動いていない。目的はマンションではないようだ。

（思い過ごしかいな。何やねん、まったく）

勝間田は肩を竦めた。まあ、こちらとしてはどうでもいい。標的の彩華が現れたとき、撮影の邪魔にさえならなければ。

（しかし、思ったより遅いな）

もう街は目覚めており、車も何台か通過していた。彩華もさっさと動き出せ、と勝間田は苛立ちを抑えて呟いた。てっきり人気《ひとけ》のないうちにマンションを出ると思ったのに、三階の部屋には動きがない。灯りも消えたままだ。

そのとき、通りの南側でがたがたという音が響き、電車が一輛、ぬうっと現れて通りに入ってきた。阪堺電車の始発だ。ほれ見てみい、ぐずぐずしてるから電車の動く時間になってしもたぞ。勝間田はマンションの玄関を睨みつけた。

そこで、視界の隅に例の男が動くのが映った。男はカメラを構え、通りの真ん中へレンズを向けていた。マンションの玄関には人影はない。なら、被写体は……。

ＳＵＶの前を電車がゆっくり通り過ぎ、住吉鳥居前の停留所に停まった。ドアの開く音がしたが、乗り降りはない。例の男のカメラは、まっすぐ停車中の電車に向けられていた。ほどなくドアが閉まり、電車が動き出した。男のカメラは、電車を追って動いた。

（何や……そういうことか）

勝間田は、ほっとして息を大きく吐いた。あれは電車を撮りに来た奴だったのか。つまり、鉄道マニアだ。鉄チャンとも言う、などとどこかの雑誌に載っていた。しかし、そういう手合いはＳＬとか廃止になるローカル線とか、そういうものを撮りに出没するものと思っていた。平凡で特徴もない（と勝間田には思える）路面電車を撮るマニアがいるとは、考えたこともなかった。

（あんなもん撮って、何がおもろいんやろ）

勝間田は、ふんと鼻を鳴らした。まあ、人の趣味なんか好きずきだ。

幸平は、始発電車が住吉交差点を曲がって天王寺方面に向かうのを後追いで撮り、カメラを下ろした。

（ハズレだったなあ）

始発で来たのは、期待した一六一形ではなく、九〇年代に製造された六〇一形だった。ほぼ同じ外観の七〇一形と合わせて十八輛も在籍し、現在の阪堺電気軌道では最もポピュラーなスタイルだ。別の言い方をすれば、被写体としての魅力が最も乏しい。派手めの色使いで質屋の名前が大きく描かれた広告塗装も、魅力を増す役には立たない。

（まあ、次がある）

SUVのほうをちらっと見ると、乗っている男に動きはなかった。六〇一形だから撮る値打ちはない、と思った可能性はあるが、無反応なのはやはりさっき思った通り、電車に関わりのない探偵か何かだ、ということなのだろう。幸平は納得し、SUVを意識から締め出した。

一方勝間田は、電車を見送ってからさらに苛立ち、ハンドルを指で叩いていた。

(もう電車の走る時間になったのに、ええんかいな、人目に立っても)

新聞配達もとっくにマンションへの配達を済ませて出て行った。彩華は近所のおばちゃん連中が通りを歩いている前に、堂々と姿をさらすつもりでいるのか。それとも単に寝坊しているのか。彩華は今日はオフのはずだ。だから夜中まで飲んでいたのだろうが、ならば初めから遅い時間まで寝ているつもりだったのかも知れない。

(それも、考えられるわなあ)

もしかすると、このまま一日中部屋で過ごして、夜遅くになってから帰るつもりではないか。さすがに丸一日、ここで車を停めて待つわけにはいかない。標的に気づかれたり、住人に不審に思われたり、駐車違反で捕まったりする危険が高くなる。勝間田は焦り始めた。

幸平がその男に気づいたのは、二番電車が来る少し前だった。例のSUVが停まる向かい側のマンションの、三階通路の北側の端に、男は立っていた。Tシャツの上に半袖の青いワークシャツを引っ掛け、首から一眼レフカメラを提げている。一見すると、幸平の同業者、つまり鉄チャンのようだ。マンションの通路は通りの反対側、つまり北西側にあるが、男の立っている場所は端部なので通りからも見えた。今、男の視線は通りのほうへ向いている。その位置からは、電車の軌道を見下ろせる。

(けど、どうしてあんなところにいるんだ)

普通、マンションの通路には外部の者は立ち入れない。とすれば、マンションの住人だろうか。

(いや、違うんじゃないか)

このマンションの部屋は、すべて電車通りに面している。住人なら、自分の部屋の窓かバルコニーから撮影すればいい。そのほうが通路の端より見通しはいいはずだ。

(あいつ、勝手に入り込んだのかも)

だとすると、明らかなルール違反だ。いいアングルで撮影するため、勝手に他人の所有地に入り込んでトラブルを起こす鉄チャンは、結構多い。置いてある物を勝手に動かしたり木を伐採したりする者さえいる。それが報道されて問題になり、真っ当な鉄チャンまで白い目で見られる事態になったこともある。一般の住人や乗客や鉄道会社に迷惑をかけない、というのは鉄チャンの基本ルールで、それを無視する輩には幸平も憤《いきどお》りを覚えていた。

（俯瞰《ふかん》撮影するつもりか）

男は、カメラを構えたまま通路の胸壁からぐっと身を乗り出し、通りの様子を確かめるように左右に顔を向けた。高い位置から電車を狙う俯瞰撮影は、ポピュラーな撮り方だ。一般の鉄道では山の上や陸橋の上から狙い、路面電車の場合は歩道橋などからが多い。ビルの上から、というのは、不特定多数が出入りできる商業施設など以外では、住人やテナントなど、関係者のみに許される特権である。まあ、一般の人はそれが特権などと思いもしないだろうが、最近は「トレインビュー」と称して、鉄道を俯瞰できるのを売りにしたマンションやホテルがあるほどなのである。

（しかし、わざわざ入り込むほどいいアングルなのかな、あそこは）

当人はどう思っているのか知らないが、幸平の目にはそれほどの場所とは映らない。首を傾げたとき、二番電車の音が聞こえてきた。幸平は急いでカメラを持ち上げた。

勝間田がマンションの三階通路にいる男に気づけたのは、その男がカメラを構えて身を乗り出したからだった。勝間田の位置からは、通路は全部マンションの陰になっているので、そうしない限り姿が見えることはなかっただろう。

（また変なのが現れよった。何者や、あれは）

勝間田は、ぎくりとした。単にカメラを持った奴が増えただけなら、そいつもあの学生風の男と同じ鉄道マニアか、と思うところだが、場所が問題だ。そこは彩華のいる三階角部屋、あの「長谷川真砂夫」の三〇一号室のすぐ横だった。

（まさか、あいつこそ商売敵、ちゅうんやないやろな）

勝間田は首を捻った。勝間田同様、彩華の不倫スクープを狙っているなら、マンションの通路まで入り込んで部屋の玄関口を狙うなど、明らかなルール違反だ。住人に見つかれば、不法侵入ということで通報されかねない。通報されてしょっ引かれるようなことになれば、たとえスクープ撮影に成功しても、そんな写真を買う出版社はない。

（いったい何考えとるんや、あいつは）

いや待てよ。パパラッチなら、そんなことは当然承知のはずだ。あえてあんな場所に入り込んでいるのは、そういう目的ではないのかも知れない。

（もしかして、盗撮犯かいな）

あり得なくはない。何を狙っているのかは知らないが。風呂場か何かか？　こんな早朝に？　やっぱりおかしい。

（はじめにちらっと思った通り、鉄道マニアかも）

マンションの通路から電車を見下ろして撮ることはできるだろう。しかし、不法侵入まですする値打ちがあるのだろうか。マニアの考えることはよくわからないが。

(どっちにしても、具合悪いなぁ)

通報という事態にまでならなくても、部屋のすぐ横にカメラマンがいると気づけば、彩華とお相手は警戒して出てこなくなる。いや、お相手自身が通報するかも知れない。いずれにせよ、勝間田の仕事には大いに妨げになる。

(くそっ、面白うないことになってきよったで)

勝間田は舌打ちし、男の姿が見えたあたりを睨んだ。その勝間田の前を、二番電車がごろごろと通り過ぎた。


幸平は、ファインダーを覗きながら思わず笑みを漏らした。

(よし、思った通り来たぞ)

現れた電車は、お目当ての一六一形だった。望遠レンズ越しに車体前面に書かれた番号を読む。一七七号だ。幸平はもう一度、満足の笑みを浮かべた。

一七七号はブレーキを軋ませ、鳥居前の停留所に停まった。商店街のほうから小走りに出てきた中年の男が乗り込んだ。乗ったのはその一人だけで、一七七号はドアを閉めてゆっくり動き出した。吊り掛けモーターの心地よい唸りが辺りに響き渡る。車体の色はクリームと緑のツートン。七〇年代の復刻塗装だ。それもまた、好ましい。

連写モードで何枚か撮影し、住吉交差点を通る後ろ姿を撮って、カメラを下ろした。とりあえず目当ての写真は撮れた。そこでふと、例のマンションを見上げた。そして、おや、と思った。あの男の姿が見えない。場所を変えたのか。だが、ふいにまた男が通路に姿を見せた。男はちょっと通りに目をやり、すぐにまた引っ込んだ。

（何をやってるんだ、あいつは）

電車を撮りに来たのなら、今の一七七号を撮り逃したのは痛恨の極みだろう。あの男にも、住吉交差点を曲がって消えて行く後ろ姿が、一瞬見えたはずだ。だが、男は残念がるような様子を全く見せなかった。そもそも、せっかく勝手に侵入してまで俯瞰の位置取りをしているのに、ふらふら姿を消すとは、腰を据えて撮影する気がないかのようだ。

（撮る気があるのか？　単にこっちの気のせいなのか）

別に他人の撮り方についてどうこう言う気はない。こっちの邪魔にならなければ。腰を据えていないのは、住人に見咎められるのを警戒してのことかも知れない。

間もなく、次の電車がやってきた。また六〇一形だ。紺色の広告塗装をまとっている。幸平はこれもきちんと撮った。この電車は恵美須町行きだ。住吉交差点を曲がらず、まっすぐ進む。交差点を直進する後ろ姿を、何枚か撮った。

撮ってからまたマンションを見上げた。今度はあの男もカメラを持ち上げていた。だが、どうも違和感がある。本気で電車を撮るなら、電車が撮影できる位置に近づいてから遠くに去るまで、カメラを構え続けてファインダーから目を離さないものだが、あの男は思い出したようにカメラを持ち上げ、おざなりにシャッターを切っているような感じがする。

(だいたい、レアものの一六一形を無視していつでも見られる六〇一形を撮るって、何だ)

何を撮ろうが好きずきだ、と言ってしまえばそれまでだが、中学からずっと、八年も鉄チャンをやっていれば、同業者の生態ぐらいわかっている。

(どうもこれは、面白くないことになってきたかも)

幸平の頭に最悪の推論が浮かんだ。鉄チャンを装った盗撮マニア。だとすると由々しきことだ。マナー違反どころか、盗撮マニアと鉄チャンが一緒にされては堪らない。

そこでマンションの向かいに停まるSUVを思い出した。こちらではなく、あちらの同業者ということもあり得るのではないか。探偵とかであればマンションへの侵入くらい、必要に応じてやるだろう。目指す相手が、あの三階の住人なのかも知れない。

幸平は腕時計を確認した。次の電車まであと十分ある。

(もうちょい近くに行ってみるか)

幸平は、意を決して通りを渡った。

勝間田は、鉄道マニアらしい学生風の男が急に通りを渡ったのを視界の隅で捉えて、シートに沈み込んでいた体をがばっと起こした。

(何や。何かしようちゅうんか)

冷静に考えれば、ただ撮影のアングルを反対側に変えただけ、ということだろう。だが三階通路の男を見つけてから、どうも勝間田は疑り深くなっている。

勝間田は学生風の男の動きをじっと目で追った。男は通りの反対側を、マンションのほうへ近づいてくる。そしてマンションの角まで来ると、いきなり立ち止まって上を見上げた。あの三階通路の男が見えた位置の真下だ。勝間田は眉を吊り上げた。

(あいつ、何しとるんや)

自分にも見えたのだから、彼にも三階の男は見えたのだろう。それで不審に思い、様子を見にやってきたのか。まあ、そう考えるのが自然だろう。だがネガティブ方向に流れた勝間田の頭には、もっとよくない考えが浮かんだ。

(まさかあの二人、ツルんでるんと違うやろな)

例えばこうだ。二人の標的が山田彩華だとすると、まず三階に侵入した奴が直接スクープを撮れないか試す。駄目なら、わざと標的に自分が狙っていることを見せ、警戒させる。そして警戒されたので諦めて帰る、と装う。標的が安心して出てきたところを、一階の玄関で待ち伏せしていた学生風の奴が飛び出してスクープ写真をモノにする。

(それや！　その可能性は充分あるで)

勝間田は色めき立った。だとすれば、このまま手をこまねいてチャンスを奪われるわけにはいかない。そんな複雑な計画を立てるパパラッチは聞いたこともないし、計画自体うまくいく要素は少ない、という常識的な考えは、この瞬間には勝間田の脳内から追い出されていた。

（見とけよ。そうはさせへんで）

勝間田はカメラを摑んでSUVのドアを開け、車外に飛び出した。ろくに左右を確かめず、走って通りを横切る。幸いまだ通行量は少なく、勝間田を来世に送り届けてすべての悩みから解放してくれる車も、急ブレーキを踏まされて怒りまくる車もなかった。

そのままばたばたとマンションの玄関に駆け込んだ。学生風の男に見られているはずだが、気にもしなかった。先んずれば人を制す、だ。だが、玄関の自動ドアの前で立ち止まった。これをスルーする手段は考えていない。舌打ちをし、誰か住人が出てこないかとドアの奥に目を凝らした。

祈りが天に通じたか、ジョギングに行くらしいランニングシャツ姿の初老の男が、エレベーターホールからロビーに出てきた。勝間田は身構え、ジョギング男が玄関ドアから出るのと入れ違いに、ロビーに飛び込んだ。ジョギング男が驚いた顔で自分の背中を見ているのも、防犯カメラにいかにも怪しげな自分の仕草が映っているのも、勝間田は頭ではわかっているのに、無視していた。

エレベーターへ向かいかけたが、途中で思い止まって階段を探した。エレベーターには防犯カメラが必ず付いているし、住人と鉢合わせもしたくない。

階段を見つけて駆け上がり、三階の手前で足を止めた。そうっと通路に顔を出し、様子を窺う。三〇一号室のある北の端までは、およそ十五メートルぐらいだろう。そちらに目を向けると、あの男の青いシャツの背中が見えた。

(あれ……何を見とるんや)

背を向けている男は、通りと逆の、西側の住宅街のほうを眺めていた。そちらにあるのは、古い戸建て住宅と店舗が何軒か、消費者金融の入る二階建てビル、同じく鉄筋二階建てのパチンコ店、木造アパートなどである。その向こうは、南海電車の高架線だった。特別気になるようなものは何もない。

(それにしても、どこかに隠れてこっそり撮る、ちゅう気はないんかいな)

今の勝間田自身がそうしているように、階段の陰に隠れて標的が出てくるのを待つのが普通だろう。ドアを開けたらすぐに見られるような場所に突っ立っているなんて、どういう神経をしてるんだ。

(さて、次はどないする)

商売敵らしい男の様子は確認できたが、それからどうするかは考えていなかった。勢い込んでマンションに駆け込んだものの、いきなりあの男を捕まえてどうにかする、というのは少々乱暴すぎるように思えた。騒ぎで標的や他の住人に気づかれたら、それこそもっと厄介なことになる。

（しゃあない。このまま見張るか）

勝間田は動くのをやめ、そのまま階段にとどまった。住人が来たら、自分も住人のふりをしよう。住人同士全員が顔見知りということはまずあるまい。問題の男のほうは、欠伸したり通路を見渡してみたり、あちこち顔を動かしているが、その場を動く気配はない。やはり三〇一号室を張っているとしか思えない。だが少し妙なのは、三〇一号室のドアよりも西側の住宅街に注意を向ける割合のほうが高い、ということだった。奴も退屈しているのだろうか。

数分がそのまま過ぎた。勝間田は階段にうずくまったまま、じっと待った。何も変化はなく、それがかえって落ち着かない。これなら車の中にいたほうがよかった。

（くそ、おかしなことになってしもたなあ）

あの学生風の男はまだ下で待っているのか。通路の男は下と連絡を取るような仕草は全く見せていない。勝間田は、もしかして早まったか、と心配になってきた。

そのとき、誰かが階段を上ってくる足音が聞こえてきた。まずい。ジョギング男が帰ってきたか、それとも他の住人か。いや、何かの配達かも……。勝間田は立ち上がり、さもたった今上から下りてきたような態度で、階段の下のほうに向き直った。

足音の主が、踊り場を回って姿を現した。勝間田は「おはようございます」と会釈して進もうとし、その場に凍りついた。現れたのは、制服警官だった。

警官は、やや太めの中年と、痩せ型の若者の二人組だった。

「おはようございます。あなた、ここにお住まいの人ですか」

口を半開きにして固まっている勝間田に、中年のほうが聞いた。たぶんこっちは巡査部長か何かだろう。思わず「そうです」と言いかけたが、部屋番号を確かめられたら終わりだ。

「いえ、あの、ええと……」

怪しさ丸出しでぼそぼそと言いかけると、巡査部長は勝間田の腕に手をかけた。

「ここでは何ですから、そっちの通路へ」

促されて三階通路に出た。あの青シャツの男が気づいてこちらを向き、ぎょっとしたように立ちすくんだ。

「はい、そちらのあなたも、こっちへ来て下さい」

若いほうの巡査が男に呼びかけた。男はためらったが、渋々といった様子でこちらに歩いてきた。

「あなたは、ここにお住まいですか」

「いいえ、違います」

意外なぐらいはっきりと、男は否定した。

「ここで何をしてたんです」

「いやその、阪堺電車の写真を撮ろうと……。勝手にマンションに入り込んだのは悪かったですが」

青シャツの男は、カメラを持ち上げて巡査に示し、申し訳なさそうに笑って頭を掻いた。

「名前と住所のわかるものは持ってますか。免許証とか」

男はチノパンのポケットから免許証を出し、巡査に差し出した。

「谷山義郎《たにやまよしろう》さんですね」

男が頷き、巡査は住所氏名を書き留めた。

「電車の写真を撮ってたんですか」

巡査部長が確かめるように言い、勝間田のほうを向いてカメラを指した。

「おたくも、電車撮るんですか」

「い、いや、僕はその……」

答えに窮した。鉄道マニアのふりができるような知識は皆無だし、山田彩華を追っていると言っても、週刊誌記者の身分ではないから素直に信じてもらえるかどうか。

「そしたら、何をしてたんですか」

巡査部長の語気が強まった。まずい。下手にごまかすより、正直に言ったほうがいいようだ。ジーンズのポケットに、カメラマンと書いた名刺がある。自称カメラマンではあるが、何もないよりはましだ。そう思ってポケットに手を伸ばしたとき、「はい、ちょっとすいません」と言いながら階段を上ってきた者がいる。驚いて見ると、なんとあの学生風の男だった。


幸平は、ぽかんとしているSUVの男の前を通って通路に出た。青シャツの男に質問していた巡査が気づき、「ああ」と声を出した。

「こちら、電車の写真を撮ってたと言うてはりますよ」

巡査はそう言いながら問うような視線を幸平に向けてきた。

「へえ、電車を、ですか」

そう受け流し、幸平はこの男が立っているのを見つけた位置、通路の北の端に歩いて行った。端に着くと、通りを見下ろした。そして、ニヤリとした。

(はあ、こんなこったろうと思ったよ)

幸平は後ろを振り返って、手招きした。

「お巡りさん、ちょっと」

何なんですかという顔で、巡査が寄ってきた。

「ちょっと見て下さい。ここじゃ、電車の写真はものにできませんよ」

そう言って下の通りを指し示すと、巡査が怪訝な顔をした。

「真ん前をケーブルが何本も横切ってる。これが邪魔になって、まともな写真は撮れません。こんなところでわざわざカメラを構える鉄チャンは、いません」

通路の端からの視界には、電気や通信の太い空中線が、電柱から電柱へと何本も渡されており、斜めに通る引き込み線まである。通りを走る電車にカメラを向けると、車体の真ん中の位置にケーブルがどっさり入り込んでしまうのだ。鉄チャンは車体に邪魔ものが一切かからないようにして撮るのが基本だから、こんな場所では写真にならないのである。

巡査はわかったようなわからないような顔をしていたが、幸平の自信満々の態度にとりあえず納得したらしく、戻って巡査部長に今の話を報告した。巡査部長が頷いた。

幸平が様子を見て巡査部長のところに戻ると、例のＳＵＶの男が哀れっぽい声を出して何やら言い訳していた。

「せやから、信じて下さいよ。ほんまに山田彩華がここへ入るのを確かめて、それで向かい側でずっと張ってましたんや」

「向かい側で車停めて夜通し？　そら、駐車違反やがな」

「いや、そんな殺生なこと言わんと……」

幸平は吹き出しそうになりながら聞き耳を立てた。

「何でここに山田彩華がおるちゅうてわかったんや」

「それはその、彩華らが飲んでた天王寺の店で働いてる友達《ツレ》から携帯へ連絡あったんですわ。何や家へ帰らんと住吉のほうへ行くようなこと、スタッフに言うてるみたいやから、ネタになるん違うか、いうて」

「はあ、えらい親切なツレやな。それでどないしたんや。このマンション知ってたんか」

「いや、大急ぎで天王寺へ行って、彩華が出てきてタクシーに乗ったんを尾行しましてん」

「尾行かいな。一歩間違うたらストーカーやがな」

「そんなアホな。タレントを尾行するぐらい、どこの週刊誌でもやりますがな」

「近頃は個人情報保護、ちゅうんがえらい大事になっとるからなあ。そらあんたらは仕事しにくいか知らんが、守るべきことは守ってもらわな。少なくとも、オートロックのマンションに勝手に入るんは問題やで。あんたのツレも、お客さんの情報流す、ちゅうのはあかんやろ」

「ええ、まあ、それについては……」

どうやらSUVの男は探偵ではなく、パパラッチだったようだ。だが、通路にいたもう一人は、どうも違うように思える。

「まあちょっとパトカーまで来てもろうて、あんたがそのカメラで撮った写真を確認させてもらおか。よろしいな」

「ええ、ええ、なんぼ見てもろうても結構ですわ。変な盗撮とか、一切してまへんから」

「そっちも確認させてもらいますで」

巡査部長が青シャツの男に言った。

「ええ、構いませんよ」

男は頷き、階段に向かおうとした。それを巡査部長がとどめた。

「あ、すんまへんけど、この通路から撮った写真は撮った位置と併せて確認したいんで、ここで見せてもろてもよろしいですか」

男は一瞬戸惑ったようだったが、すぐに「ええですよ」と言ってカメラを差し出した。

「あ、僕も見せてもらっていいですか」

幸平が声をかけた。二人の警官は顔を見合わせた。素人の部外者に見せるのはまずかろうと思ったようだが、鉄チャンの写真として不審がないかどうか確認するには、鉄チャンに見てもらうしかないと気づいたらしい。青シャツの男に「よろしいか」と確認し、男が構わないと返事するのを聞いてから、カメラのモニター画面を幸平にも見えるようにして、一枚ずつコマを送り始めた。

やはり、思った通りだ。その男の撮ったわずか三枚の六〇一形の写真は、ケーブルがもろに邪魔しているだけでなく、車体の端や下回りが切れ、車体全部がきちんと収まっているものがなかった。一七七号の唯一の写真に至っては、住吉交差点を曲がって行く後ろ姿が隅っこに小さく見えるだけで、画面の半分は隣の建物の壁だった。

「駄目だ。鉄道写真を撮る人の写真じゃない」

幸平が呟くと、青シャツの男がむっとしたように言った。

「何をどう撮ろうと好きずきやないか。文句あるか」

幸平はそれを無視し、巡査が送っていく画面を見続けた。他の写真は、単に電車通りを撮ったもので、電車すら映っていない。明るさや写り具合を確認するため、電車がこないうちに試し撮りすることはよくあるが、こんなに何枚も必要はない。ただ、暇なのでシャッターを切っただけ、という感じだ。全部で二十枚ほど。無論、他人の家の中や女性の姿などを盗撮したような写真など、一枚もない。盗撮犯ではないようだが、いったい何がしたかったのか。素直に巡査にカメラを渡したのだから、危ない写真などは保存されていないのだろう……。

「ちょっと、戻して下さい」

ふいに幸平が言ったので、巡査は妙な顔で幸平を睨んだ。だが、すぐにモニター画面を後戻りさせた。

「あ、それです」

止めた画面に映っているのは、マンション西側の家並みだった。中央に消費者金融のビルがあって、右に店舗の裏、左にパチンコ店の裏、手前にマンションのすぐ裏の家の屋根と庭木。別におかしなものは写っていないが、この一枚だけ電車通りとは違う側を撮っているのが、何となく気になった。

（さて、何でこっちを撮ったのかな）

幸平はその写真に写された景色を眺めてみた。左右に目を走らせたが、やはり変わったものは見えない。

（これもただの暇つぶしで撮った写真か。でも、いったい何のための暇つぶしだ。こいつ、何を待ってたんだろう）

そう思ったとき、動きが見えた。消費者金融のビルの脇の通路に、男が一人入ってきた。この消費者金融の職員だろうか。その男はビルの裏に回り、通用口のドアの前に立った。そしてドアのすぐ横の壁に付いている灰色のボックスの蓋を開けた。その瞬間、青シャツの男が顔をしかめるのが目の端に映った。

幸平ははっと気づき、自分のカメラを構えてそちらに向けた。ズームレンズを動かし、最大の望遠にする。そして一度、シャッターを切った。その直後、通用口の男はドアを開け、建物の中に消えた。

「何をしてるんです」

巡査が眉根を寄せて尋ねてきた。幸平はそれに答えず、今撮った写真をモニターで確認した。そして、笑みを浮かべた。

幸平は青シャツの男に向き直った。男はむすっとした顔で黙っている。だが幸平が見つめると、男は目を逸らした。確信を持った幸平は、男の顔の前に自分のモニター画面を突き出した。

「ねえ、あんた、これを撮りたかったんじゃないの」

男はちらりと画面に目をやり、さっと顔を背けた。

「何やそれ。知らんわ、そんなもん」

そううそぶいたが、幸平も巡査も、画面を見た途端に男の目が見開かれたのを見逃さなかった。

「ちょっとあんた……」

巡査が一歩進み出、様子に気づいた巡査部長が寄ってきた。

「どないしたんや」

幸平はモニター画面を巡査部長に見せた。

「ちょっと見て下さい、これ」

「何ですねん、これは」

「あの消費者金融の通用口です。ほら、このキーパッド」

画面には、望遠で拡大された消費者金融の通用口と、そこから入ろうとするさっきの男が写っていた。男の右手は、蓋を開けられたボックスのキーパッドを操作している。

「この人が撮ろうとしてたのはこれでしょう。たぶん動画モードでね」

状況を理解し始めたらしく、巡査部長の顔つきが変わった。

「この通路から、裏の庭木の間越しにキーパッドが見えるなんてねえ。たぶんこの人、あの消費者金融に早朝出勤する人がいるのを知ってて、それを待ってたんですよ。普通の通勤時間じゃこのマンションの住人にすぐ見つかっちゃいますからね。さて、通用口の暗証番号を盗み撮りして何をするつもりだったのか……」

勝間田は階段に立ったまま、束の間放置されていた。学生風の男がカメラで何を撮って、何を説明しているのか、よく聞こえない。だが二人の警官は、そっちに集中しているようだ。

(このままフェードアウトしても、気づかれへんのと違うか。いやしかし、名刺を渡してしもたから後で呼び出されるのは確実や。であればおとなしくするしかないか。それにしても、彩華のことはどうするんや。この騒ぎの様子を見に、相手と一緒に顔を見せるなんて幸運はないやろか……)

そこまで考えたとき、青シャツの男がやにわに警官を突き飛ばして階段に走り込んでくるのが見え、勝間田は仰天した。いったい何が起きたんだ。

「待たんかァ！」巡査部長が叫んだ。

「どけ、こらァ！」青シャツの男が、勝間田を押しのけようとした。

そのどなり声で、勝間田は切れた。どうやらこの騒ぎの元凶はこいつだ。こいつのおかげで、せっかくのスクープがパーになりそうなのだ。なのに俺を突き飛ばして逃げるつもりか。

勝間田は青シャツの腕を摑んだ。驚いた男は、振り払おうと腕を振り回した。勝間田は離さない。青シャツはさらに暴れる。が、そのためにバランスを崩し、ステップを踏み外した。青シャツと勝間田は、折り重なって踊り場に倒れ込んだ。


何とか起き上がった勝間田は、ふらつきながら階段に腰を下ろした。左脇の打ち身が、ずきずき痛む。踊り場では、巡査部長が青シャツの男を押さえ込んで手錠を掛けようとしていた。どう言い逃れしようと、巡査を突き飛ばして逃げようとした以上は、公務執行妨害の現行犯だ。後ろで巡査が、無線で応援を要請している声が聞こえていた。

「大丈夫ですか、かなり派手にコケてたけど」

学生風の男が、気遣うように声をかけてきた。勝間田は手を挙げて応じた。幸いなことに、体もカメラも大したダメージは受けなかった。連絡を終えた巡査が勝間田の脇を抜けて踊り場に下りた。二人の警官は青シャツの男を挟み込んで立たせると、そのまま階段で一階に向かった。

「まあ何とか、平気ですわ。いったい何なんですか、あの男は」

「どうやらこの裏の消費者金融に盗みに入るつもりで、下見してたようです」

「何やてェ？　泥棒やったんか」

さすがにそれは想定外だった。勝間田は目を丸くして学生風の男を見上げた。どうしてわかったんか、と聞きかけたが、学生風の男は、じゃあこれで失礼、と言ってさっさと階段を下りて行った。

愛想のない奴やな。あいつは本物の鉄道マニア、鉄チャンとかいう奴らしいけど、ああいうオタク系の奴はみんなあんな感じなんか。そんなことを思いながらまた通路へ視線を戻すと、三〇一号室のドアが開いた。勝間田は、文字通り飛び上がった。

ドアから顔を出した住人が、勝間田を見て尋ねた。

「何事ですか。何かあったんですか」

「ああ、いえ、その……不法侵入ちゅうか、そんな奴がおって、今さっき警察に捕まりましたわ」

「いや、そうですのん。怖いわあ。ほんまにこの頃、変な人が多いですねえ」

「はあ……」

勝間田は半ばうわの空で頷いた。それというのも、出てきた住人が女性だったからだ。しかもいわゆる美熟女だ。年の頃は三十代か四十代か、それよりも上か、はっきりしない。いずれにしても、家庭の主婦には見えなかった。

「何？　どうしたん？」

もっと若い声がして、あっと思っていると美熟女の後ろから山田彩華が顔を見せた。

「それがねえ、変な人が入り込んで、警察に連れて行かれたらしいよ」

「うわあ、嫌やねえ。気ぃつけんと」

それだけ言うと、彩華は勝間田に目礼して室内に引っ込んだ。

「すんません。失礼します」

美熟女もそう言って軽く頭を下げると、顔を引っ込めてドアを閉めた。

勝間田の頭は混乱した。何やこれは。不倫か恋人かと気合を入れて張り込んだのに、部屋におったのは女やないか。どういうことや……。勝間田は三〇一号室のドアに近寄り、脇の表札を確かめた。そして、唖然として口を開けた。

「長谷川真砂未」表札には、そう書かれていた。はせがわまさみ？　そんなはずは……。

勝間田は階段を一気にロビーまで駆け下りた。玄関を飛び出し、昨夜確認した郵便受けに走る。三〇一号室のものをすぐに見つけ、顔を寄せてもう一度読み直した。そして、脱力した。

間違いなかった。部屋の表札の通り、「長谷川真砂未」だ。よくよく見れば、「未」の字のところで汚れがついている。薄暗い中、大急ぎで見たので、汚れのため「未」が「夫」に見えたのに気がつかなかったのだ。

(何をやっとるんや、俺は)

考えてみれば、住吉に山田彩華のお相手がいるなど、ほとんど根拠のない話だった。彩華は飲み会で遅くなったので、豊中へ帰るのをやめて近くの住吉に住む知人宅に泊めてもらっただけなのだ。なのに勝間田は、彩華が住吉のマンションに入った、というだけで、スクープを摑んだと勝手に舞い上がってしまった。結局は、自身の焦りから出た妄想だったということか。

(そんなうまい話は、そう簡単には転がってへん、ちゅうわけか)

勝間田はすごすごとマンションを後にすると、自分のＳＵＶへと戻った。そして車を見て目を剝いた。駐車違反のステッカーが、べったりと貼られていた。

(くそっ、あのお巡り、きっちり仕事しやがったな)

腹立ちまぎれにステッカーを引っ剝《ぺ》がし、運転席に乗り込むと乱暴にドアを閉めた。人生が好転すると思った一夜が、踏んだり蹴ったりの結果で幕引きになった。ルームミラーに、苦虫を嚙み潰したような自分の顔が映っている。勝間田は大きく溜息をつくと車を発進させ、右折して北へと走り出した。

幸平は、住吉大社の石燈籠の陰で、勝間田のＳＵＶが走り去るのを見送った。入れ違いに応援で呼ばれたらしいパトカーが到着し、乗ってきた警官がマンションに入った。

（パパラッチの兄さん、ご苦労さん）

遠ざかるＳＵＶに向かって軽く肩を竦めると、幸平は腕時計を見てカメラを持ち上げた。間もなく、天王寺へ行った一七七号が戻ってくる。入庫するまでにあと二往復するはずだから、次は場所を変えて撮ることにしよう。幸平はちらりと後ろを見た。この大鳥居をバックに入れたいが、朝は逆光だ。

（まあ、何もかも都合よくはいかないよ）

幸平は再び電車通りのほうを向いた。ちょうどそのとき、住吉交差点に一七七号がクリームと緑の車体を現し、停車した。


「そうかいな。今朝の騒ぎにあんたも噛んでたとはなあ」

「まあ、成り行きで放っとけなくなってさあ。結末は予想外だったけど」

幸平は、ダイニングテーブルを挟んで向かいに座る祖母に向かって、照れ笑いを浮かべながら言った。あの後、住吉署で調書を作るのに協力してから阪和線に回り、今帰ってきたところである。

「わざわざ東京から来たのにいらんことして、怪我でもしたらえらいこっちゃ。ほんまに、気ぃつけなあかんで」

祖母は眉間に皺をよせ、いかにも心配そうに言った。幸平は頭を掻いた。どこの家でも祖父母は、孫のことになると心配性になる。

「けど、さっさと片づいてよかったよ。何せ、この真下だもんな」

幸平は指で床を指し示した。祖母が大きく頷く。

「ほんまや。大ごとにならんでよかったなあ。朝早うからパトカーが何台も来たときは、ほんまにびっくりしたで」

ここはあの住吉のマンションの五〇一号室だった。山田彩華がいた長谷川真砂未の部屋は、ちょうどこの二階下になる。

「あんたが一一〇番したんかいな」

「うん。何しろ怪しい奴が見えたのが三〇一の前の通路だったし、その後すぐにあのパパラッチの奴がマンションに駆け込んだんで、こりゃあヤバいと思ったんだ」

あのパパラッチの男は、通報したのが幸平だとは全く気づいていないようだった。そもそも、幸平が通りすがりの部外者であるなら、駆けつけた警官が、自分たちと一緒にマンションに入ろうとするのを見過ごすわけがない。まして、職務質問する横に立っていたり、不審者が撮影した画像を見たりするのを許すなどということはない。幸平が通報者であり、かつマンション住人の親族だから可能だったのだ。パパラッチの男は、そこまで考えたりしなかったのだろう。

「捕まった人は、刑務所かいな」

「どうかな。公務執行妨害と住居侵入だけで、盗みの計画のほうははっきりした証拠がないからなあ。けど、逃げようとしたってことは、余罪がたっぷりあるんだろうね。きっと見せた免許証も偽造だよ」

「はあ、なるほどなあ」

祖母は小首を傾げた。八十四歳になる祖母だが、こういう仕草はどこか可愛い。そう思って、幸平は祖母に気づかれない程度に笑った。そう言えば、雛子という名前も年齢からすれば可愛らしい。

「三〇一号の長谷川さんとこは、大丈夫やったんやね。ゆうべは彩華ちゃん、来てたんやろ」

「ああ、大丈夫。僕がいたときは誰も出てこなかったから、騒ぎに気づいてたかどうかもわからない。けど祖母《ばあ》ちゃん、山田彩華が来てるの知ってたのか」

「はあ、知っとったで」

へえ、どうして知ってたのかわからないが、やはり祖母ちゃんは侮《あなど》れない。

「しかしあの三〇一号の住人って、ほんとにドラマの世界の人みたいだよね。最初はあの

「せやなあ。まず信子さんが、ものすごいドラマやわなあ」

幸平は頷き、祖母の淹《い》れてくれたコーヒーを啜った。

「自首する前、最後に会ったのが祖母ちゃんなんだよね」

「せや。私と住吉の停留所で別れて、住吉大社へお参りしてから警察へ行ったんやて」

祖母は昔を思い出すように窓の外に目をやった。座っていてはよく見えないが、斜め向かいには住吉大社の杜《もり》がある。

「あのときは、何で信子さんが住吉に来たんか、ようわからんかったけどなあ」

幸平は祖母の視線を追って窓のほうを向いた。バルコニーの向こうには空が広がっているだけだが、祖母はそこに四十年余り前の光景を、また見ているのかも知れない。

中崎信子との縁については、祖母から何度か聞かされていた。実際にどんな罪を犯したのかは、ネット検索で調べた。当時としては高額の横領だったので実刑判決となったが、被害者である会社も随分酷いということが裁判で明らかになり、自首した点も考慮されて刑自体は比較的軽かった。当時の記事を拾うと、一部のマスコミはまるで義賊のように扱いさえしていた。その話をしたとき、祖母は「そうやったなあ。週刊誌とかは、ほんまにしょうもないなあ」と苦笑を漏らしていた。

「さすがに祖母ちゃんも、住吉に足を向けた理由までは見抜けなかったわけだ」

「そうやねん。信子さんが出てきはって、その話をしはるまではなあ」

祖母は信子から届いた年賀状で、彼女が出所していたことを知った。昭和五十年頃のことだそうだ。それから一年ほどして、二人は改めて会った。そのとき、信子は中学生くらいの少女と一緒だった。

「亡くなったお兄さんの娘さんや、て聞いたときは、私もちょっとびっくりしたけどなあ」

兄が亡くなって兄嫁と一人娘は母子家庭になった。昭和三十八年頃の話で、幼児を抱えた女性が働ける職場はまだ少なく、信子夫婦は見かねて、自分たちも裕福とは言い難いのに援助を始めた。子のない夫婦にとって、唯一の姪は我が子のように思えたのだろう。そして、兄嫁と姪が住んでいたのがこの住吉だったのだ。

「自首する直前も、姪に会いたいって思いに引きずられてこっちに来たんだね」

「結局、よう会いに行かんと、そのまま自首したんや。切ない話やわなあ」

信子が服役することになって、兄嫁は信子と距離を置いた。それは致し方のないことだった。信子もそれを薄情だとは一言も言わなかった。だが、姪は優しくしてくれた叔母のことを忘れてはいなかったのだ。

「まあそれでも、最期はその姪に看取られたんだから、信子さんもよかったんじゃないの」

「せやなあ。最後はええように収まったんかもなあ」

「しかしその姪の真砂未さんも、結構波瀾万丈だよねえ。結婚、離婚、再婚、死別か」

幸平はそう言いながら無意識に床に目を向けていた。この二階下、三〇一号室へ。

信子が亡くなったとき、真砂未は独り身だった。昭和六十年に結婚して娘を産んだが、最初から姑《しゅうとめ》との折り合いは悪かった。相手方はそれなりの良家だったことが災いしたとも言える。祖母によれば、信子は、叔母である自分が犯罪者であったことが原因の一つだと、気に病んでいたそうだ。

結局、離婚となったが、幼い娘は引き取らせてもらえなかった。真砂未はクラブ勤めとなり、後に客だった男と再婚したが、その夫とも死別した。長谷川というのは、その死別した夫の姓である。

「まあ、波瀾万丈言うたらそうやなあ。けど、その二度目の旦那さんの遺したもんでこのマンション買うて、落ち着かはったんや。やっぱりいろいろ苦労しはったからこそ、生まれ育った住吉に戻ってきたかったんやろなあ」

「で、今は置いてきた娘さんも来てくれてるし」

「このまま何事ものう暮らしはったら、終わりよければすべてよしなんやけどな」

祖母も床に目を向け、笑みを見せた。そう、真砂未のところへ来ている山田彩華アナウンサーは、真砂未の実の娘であった。

「考えてみれば、祖母ちゃんも思い切ったことしたよなあ。真砂未さんのところを訪ねてきて、自分もこのマンションが気に入ったからって、あっという間に売りに出てたこの部屋、買っちまうんだから。八十の年寄りの行動力じゃないよ」

「はは、大昔は電車まで運転したんやで。年寄りを舐めたらあかん」

祖母は、日本の戦後は私らが創ったんや、とでも言いたげに胸を反らせた。幸平は、やれやれ、と肩を竦めた。

「我孫子道の家は、お祖父ちゃんが死んでから持て余してしもたからなあ。バリアフリー、ちゅうんか、そういう部屋に住みたかったんや。何ちゅうても、ここは阪堺電車がよう見えるからなあ」

祖母はニヤリとして窓の外を手で示した。

「それにやっぱり、真砂未はんのことも気にはなるし、な。何せ波瀾万丈やから」

祖母はちょっと冗談めかして付け加えた。お節介と知りつつ、頼れる親族のいない真砂未の母親代わりを務める気なのだろう。

幸平が一一〇番通報したのは、そんな祖母を思ってのことだった。彩華の実母のことは、オープンにされていない。幼いとき別れた実母がいて、内緒で会っているというだけでも芸能ニュースネタになるのに、人気女子アナの大叔母が万博の頃に世間を騒がせた横領犯、と判明したら恰好のスクープだ。祖母は芸能マスコミに真砂未の平穏が脅かされることを、決して望まないだろう。

青シャツの男がパパラッチでなく、侵入窃盗を企てていたのは想定外だったが、SUVのパパラッチも何を勘違いしていたのか、相当な間抜けだ。奴の想像力が悲劇的なほど乏しかったのは、本当に幸いだった。だいたい奴は、幸平が早朝に撮影のためマンションを出たとき、SUVの運転席で明らかに居眠りしていた。本人は数秒うとうとしただけと思っているかも知れないが、あんな調子だと三十分くらい寝ていたのではないか。

（ありゃあ、早々に転職したほうがいいな。張り込みも覚束《おぼつか》ないんじゃ、しょうがない）

彩華と真砂未の件もいずれは発覚するかも知れないが、少なくとも今日ではない。

「あれ、もう六時半かいな。幸平ちゃん、あんたお腹空いたやろ」

「うん？　ああ、確かに」

思い出したように言われて、幸平も時計を見た。もう夕飯時だ。

「あそこ行こか。姫松の洋食屋さん。ほれ、クリームコロッケの美味しいとこ。あんた、好きやろ」

「ああ、あれね。そりゃいいなあ」

創業四十数年とかで、近頃はグルメガイドにもたびたび掲載され、街歩きの若い女性たちもよく立ち寄る有名店だ。祖母の知り合いの知り合いの店らしいが、確かにあそこのコロッケは美味い。

「よし、ほな、出かけよ」

祖母は時計を見ながら立ち上がった。

「そう言えばあんた、その怪しい奴に気ぃついたんは、一七七号電車がきっかけやったんか」

エレベーターへ向かいながら、祖母が聞いてきた。

「うん。鉄チャンなら絶対撮り逃したくない電車に関心を示さなかったんで、こりゃあ変だと思ったんだ」

「そうかそうか、やっぱり一七七号やなあ」

「あれ、またその件？」

幸平は祖母の言葉に苦笑した。一七七号電車は我が家の縁起物、という話は、もうさんざん聞かされていた。祖母は結構本気のようだが、幸平にしてみれば、新幹線のドクターイエロー（新幹線の総合試験車。ダイヤが非公開でめったに出会えないので、見ると縁起がいいと言われている）を見たら幸せになる、という類いと同じようなものだった。とはいうものの、今日の一件を考えると、案外それもアリな気がしないでもない。

「いやいや、馬鹿にしたらあかんで。信子さんとの縁も、一七七号が取り持ったんやからなあ」

「それもずいぶん聞いたよ」

幸平は苦笑したままエレベーターに乗り込み、祖母と一緒に一階に下りた。

外に出てみると、もう夕闇が迫っていた。住吉鳥居前の停留所は、目と鼻の先だ。ちょうど恵美須町行きの五〇一形が出て行くところだった。

「ああ、ちょっと待ちや。もうじき来るさかいな」

祖母は腕時計を見ながら幸平の腕を引いた。幸平はその様子に、おや、と思った。何か、時間を計って待っているように見えたのだ。いや、気のせいだろうか。

停留所に立って三分と経たないうちにヘッドライトが見え、天王寺方面行きの電車が専用軌道から通りに入ってきた。その姿を見た幸平は、思わず「あっ」と声を出した。

「あれ、一七七号じゃないか」

「ああ、そやな。一七七号やな」

祖母の声は、何だか楽しそうだった。

「幸平ちゃんと出かけるのに出てきてくれるなんて、やっぱりうちの縁起もんやなあ」

「え、いやしかし、今のダイヤだと一六一形は夕方の運用には入らないんじゃ……」

「ほれほれ、そんな難しいこと言わんと。せっかく一七七号が来たんやから」

一七七号電車は、ブレーキを軋ませて目の前に停まった。幸平は思わず祖母の顔を見た。

「祖母ちゃん、これ……」

どうも偶然とは思えなかった。曾祖父は伝説的運転士だったらしいし、祖母は戦後すぐに運転士を辞めてから後も曾祖父と乗務員詰所に出入りし、若い職員の世話を焼いていたそうだ。二人いた兄は電車に興味を示さず、曾祖父の勤める会社には入らなかった。それでも娘のほうが電車を好いてくれたのが、曾祖父には余程《よほど》嬉しいことだったのだろう。そんな縁があったので、噂によると祖母は、今でも阪堺電車の古参幹部に顔が利くらしい。

まさか、自分と出かけるために一七七号を……。

「どないしたん。そんなびっくりしたみたいな顔してんと、早う乗りや」

祖母は笑いながら、八十四歳とは思えない軽やかさでステップに足を掛けた。その笑顔は、まるで少女のようであった。

エピローグ　――平成二十九年八月――

　セレモニーは、何もなかった。リボンも横断幕も、花束の一つも。トラバーサーで車庫の奥に移され、そこでワイヤーをかけられた。車体がクレーンで持ち上げられ、台車と分離された。車体は脇に停められたトレーラーの荷台に、ゆっくりと慎重に降ろされた。白浜社長以下の幹部数名と、車庫の係員、手空きの乗務員が、並んでじっと見守っていた。

（これで、ええんや）

　一七七号は、この旅立ちに満足した。別に賑やかな騒ぎはいらん。一六一形最後の一輛、ていうわけやないんや。まだ仲間は、四輛も残っとる。わしがちょこっと、早う行くだけの話や。あんまり派手なことは、性に合わんしな。

　クレーンの作業員とトレーラーの運転手が、車体がきちんと載ったのを確認し、ワイヤーを外した。あ、痛た、ちょっと擦《す》れたがな。気ぃつけてや……て言うても、これから潰す車にそんな気ぃ遣うことて、ないわな。

トレーラーが少し前進し、台車を積むトラックに場所を譲った。クレーンのアームが、レール上に残った二台の台車の上に振られた。

(さて、もうわしは走られへん。しかし足回りを外されると、どうもスカスカしてかなわんな)

一七七号は苦笑して車庫の中を見渡した。まだしばらくは働く四輛の一六一型が、名残惜しそうな顔を向けていた。

(何や何や、そんな不景気なツラ、しなはんな。わしの車体は無うなるけど、電気部品はあんたらの部品が壊れたときの予備に、ちゃんと残しとくんやからな)

一六一号と一六四号が、礼を言うように微かに頷いた。

(十七輛もおった仲間も、あんたらが最後や。もうちょっと、頑張ってや。イベントだけやない。まだしっかり現役なんやから。住吉さんの初詣のときは、皆揃って仕事せなあかんしな。ま、後は頼んどくで)

一六一号の隣では、最新の一〇〇四号が、何やら恐縮したように視線を下げている。

(やれやれ、若いのにそんな情けない様子して。わかっとるがな。あんたが来たせいでわしがお払い箱になったわけやない。寿命なんや。せやから気にせんと、精出して働きや。何べんも言うけど、これからあんたが主役なんやさかいな)

そんなエールを送ったとき、車体が揺れた。トレーラーのアクセルが踏み込まれたのだ。

（ああ、お出かけのときが来たみたいやな）

トレーラーはそろそろとゲートへ向かった。作業を見ていた社長はじめ職員たちが、さっと手を挙げて一斉に敬礼した。

（ありゃ、そんな大層な。こっちが恥ずかしいわ）

一七七号は苦笑しようとしたが、さすがに胸が詰まった。大型トレーラーは、最徐行してゲートを過ぎると、通りに出た。他の通行車輛に注意しながら、慎重にハンドルを切る。一七七号が載っているのに気づいた通行人が、驚いて立ち止まり、トレーラーを見送った。

トレーラーは速度を上げないまま、ゆっくり国道を目指した。一七七号の視界から、車庫の建物が徐々に消えていく。

（なかなか悪うない一生やったな。生まれてずっと、この路線から他所《よそ》へ行くこともなく、この車庫におり続けたんや）

一七七号の脳裏に、八十五年間の出来事が順に浮かんでは通り過ぎた。初めて本線に出たとき会うた、生まれて初めて電車に乗った赤ん坊。電車を停めて盗っ人を捕まえた車掌。戦時中は女の子の運転士もおった。そう言えばあの運転士やった女の子、戦後もいろんな節目でわしに乗ってきとったなあ。いろんな人が乗って、いろんな人に会うた。この町で、この線で、お役目を全うできて、ほんまによかったわ。

一七七号は目を瞬いた。いつの間にかゲートに職員たちが出てきて、こちらに手を振っていた。胸が熱くなった。

（おおきに、長いことお世話になりました。ほな、皆さん、さいなら）

心の中で手を振り返し、一七七号は目を閉じた。大和川の川風が、すっと頰を撫でた。

（ふう……あれ……何や騒々しいなあ。誰や。何人もで、賑やかに喋っとるな。どないなっとんやろ。ここが、あの世ちゅうやつなんかいな……）

一七七号は、うっすら目を開けた。

（変やな。あの世にしては、えらい人間臭い場所やな。柱にテーブルに椅子に、て……ありゃりゃ、これ、どこやねん！）

白いテーブルクロスのかかったいくつものテーブル。まっすぐな木製革張りの背もたれがついた椅子。テーブルの上のナプキンと塩胡椒のビン。軽食の載った大皿。思い思いに椅子にかけ、ビールやウーロン茶を傾ける人たち。老人もいれば幼い子供もいる。目の前の光景は、どう見ても街中のレストランだった。

（どうなっとるんや。わし、何でこんなとこにおるねん）

解体作業場に運ばれてトレーラーから降ろされ、一晩置いておかれた後、解体作業が始まったはずだ。首筋のあたりにアセチレンの火花が当てられたことまでは、覚えているのだが……。

一番近いテーブルにいる老人が、ビールのグラスを掲げ、乾杯の仕草をした。ありゃ？

この爺さん、よう知っとるで……。


「あーあ、ほんまにこんなもん、持ち込んでしまうとはなあ」

ほとほと呆れた、というように大袈裟に肩を竦める倅を見て、榎本章一は一七七号に向かって掲げたグラスの中身をぐいっと喉へ流し込むと、罰当たりめとでも言うように目を怒らせてみせた。

「こんなもん、とは何や。ええか、この電車はなあ」

「ああもう、わかっとるがな。親父が生まれてすぐ初めて乗った電車がこれで、運転士にこの電車も今日がお披露目やて言われて、縁起がええなあ、ちゅう話になったんやろ。もう耳に、たこ焼き屋のチェーン店が開けるぐらいのタコができとるわ」

勘弁してくれという顔で倅の正樹《まさき》が切り返すと、嫁の和美《かずみ》が笑って付け足した。

「それにお義父さんとお義母さんの縁結びも、この電車やったんですよね」

「おお、そうや。ほんまに、縁結びやのう」

章一は満面の笑みで傍らの奈津子を見やった。

「そうですがな。あれこそ私の運の尽きやったわ」

「運の尽きとはどういうこっちゃ。ええ加減にせい」

息の合った老夫婦のやり取りを聞いて、周りの人々が吹き出した。

「こら典坊《のりぼう》。笑うてる場合やないぞ。そもそもお前がこいつの財布拾うて悪さしたさかいに、こないなっとるんやないか」

「章一はん、七十の年寄りつかまえて典坊、はないでっしゃろ。だいたい、わてこそ縁結びの神でんがな。ちょっとは拝んでみなはれ」

「そんなしょうもない顔、拝めるかい」

「ちょっとあんた、吉本の舞台と違うねんから。今日はお披露目やねんで。自分ばっかりビール飲まんと、早う来てくれはった皆さんにご挨拶せんかいな」

奈津子が章一の脇腹を小突いた。ほれ見い、これやからかなわん、などと言って章一はグラスを置き、ゆるゆると立ち上がった。全員の目が章一に向いた。

「えー、お、お集まりの皆さん。ほ、本日はお日柄もよく……」

「親父、結婚式と違うぞ！」

正樹のツッコミに、一同がまた笑った。

「やかまし。黙って聞いとれ」

章一は倅を睨んで咳払いすると、おもむろに先を続けた。

「本日はこの榎亭《えのきてい》の五十周年記念会にお越しいただき、ほんまにありがとうございます。

アベノ食堂で修業した後、この奈津子と二人でここに店を出しまして、おかげさまで半世紀を迎えました。ここまで長い間、無事に店を続けてこれたのも、ひとえに皆様方のご愛顧の賜物、皆様あってこその……」

「長い！」典郎が茶々を入れた。

「アホ。いま始めたばっかりやがな」

「ここにおるのはみんな身内みたいなもんですがな。そんな堅苦しい台詞、いりまへんて」

「うーん、そうか。そんなら、ざっくばらんに行こか」

章一はもう一度咳払いして、口調を変えた。

「まあそんなことで、せっかくの五十周年やから、何か記念になることとしようか、て思うたわけですが、そしたらちょうど、あの縁の深い一七七号電車が廃車になる、て聞きましてな。阪堺電車に無理言うて、先頭の部分だけ切り取ってもろて、ここへ据えつけた次第ですわ。これで電車の食堂、言うて話題になること請け合いで、ますます繁盛しまっせ」

「繁盛はええけど、電車の頭をはめ込むやなんて、どえらいことやってくれるわ。やめとけ言うても聞けへんし、建物改造するのにどんだけかかったか……」

正樹が渋面を作って首を振った。章一は鼻を鳴らした。

「けつの穴の小さいこと言うな。一七七号はなあ、俺らの福の神なんやで。これは俺の男のロマン、ちゅうやつや」

「頼むから、八十五になってロマン語らんといてくれ」

匙《さじ》を投げた体《てい》で、正樹は自分のグラスにビールを注いだ。

（なるほど、そうか。思い出した、ここは姫松の洋食屋やな。確か、コロッケが有名なとこや。ここの大将、わしの車内で嫁はんと知り合うたんやったな。ほんで、大将が初めてわしに乗ったんは、お互いに生まれてすぐのことやったんや。ほんまに、不思議な縁やで）

ようやく合点がいった一七七号は、ほっと息をついた。

（それにしてもまあ、頭の部分だけ切り取られとったんか。カットボディ、ちゅうやつやな。こら参ったわ）
二十五、六人はいるだろうか。店内に集まっている人たちは、一七七号を指差して、しきりに感心したり笑ったりしている。お祭りの山車《だし》にでもなった気がした。
（やれやれ、これではほんまのさらし首やな。江戸時代の下手人と違うで、まったく。首だけやのうて、丸ごと引き取ってくれたらええものを……。はは、そら無理やな。ここにそんな広い敷地、あらへんわ。贅沢は言えんか）

一七七号は店の中をざっと見渡した。自分を据えつけるのに合わせて内装も新しくしたと見え、壁も天井もピカピカだった。ほんまに太っ腹やな、と一七七号は感心した。正樹が心配するわけだ。

一七七号は、集まっている一人一人の顔を見ていった。大将夫婦と倅夫婦はよう知っとる。隣におるんは、神戸に嫁いだ娘やな。その横は、三組の孫夫婦。後ろではしゃいどるのは、その子らや。大将から言うたら、曾孫か。それから典郎。十年前に、助役で退職したんやったな。前は運転士しとったから、よう一緒に走ったで。ま、腕はそこそこやったかな。あの井ノ口はんには、ちょっと及ばんけどなあ。

後は、大方近所の人か。そう言えば、みんなわしが乗せたことある人ばっかりや。そうか、そういう人らに集まってもろたんやな。廃車になってもわしのことを覚えててくれる、ちゅうんは、有難いことや。

「確か、章一はんが生まれて初めてこの電車に乗ったとき、運転士は、井ノ口さんやったそうですなあ」

ふいに思い出したように典郎が言った。章一は、そうやそうや、と嬉しげに応じた。

「典坊……いや、典やんがあの人を知ってる最後の世代かいな」

「そうや。わてが運転士になったんが昭和四十七年で、井ノ口はんが乗務員詰所に顔出してはったんは、その時分が最後ですわ。そのときはもう、今の章一はんぐらいのお年やったなあ。娘の雛子はんが、一緒について来てはりましたわ」

「わしが井ノ口はんのこと聞いたんは、だいぶ後になってからや。早うに知ってたら、自分があのとき声かけてもろた赤ん坊ですわ、て挨拶しに行ったのになあ」

「その代わり、雛子はんはちょくちょくこの店に来てはりましたがな」

「うん。典やんに教えてもらわなんだら、井ノ口はんの娘やて知らんかったわ。あの赤ん坊のときのこと話して挨拶したら、えらいびっくりしてはったなあ」

そのときの様子が浮かんだのか、章一はちょっと笑ったが、すぐしんみりした顔になって一七七号のほうを向いた。

「雛子はんが生きとったら、これ見て喜んでくれたやろに、なあ」

「そうやなあ。亡くなったんは、一昨年でしたなあ」

章一より雛子との付き合いが長かった典郎は、遠くを見るような目つきになった。

「ほんまにわてらみんな、年取りましたなあ」

「そら、年も取るわいな。俺らは前の東京オリンピック、電器屋のテレビで見た世代やで」

「思えばわてら、よう働きましたなあ」

「おう、それを言うんやったら、この一七七号もよう働いたで。俺と同い年やのに、ついこの間までちゃんと現役やったんやから。電車でこれだけ長いこと働くのは、ほんまに珍しいこっちゃて、阪堺電車の社長はんも言うとったわ。あ、典やんには釈迦に説法か」

「いや、ほんまによう働いてくれた。立派な電車ですわ」

典郎は真顔でそう言うと、ビールグラスを一七七号に向かって掲げた。

（やれやれ、そんなに持ち上げてもろたら、照れるがな。せやけど章一はん、倅の正樹はんと同じ料理人の白い服着てるとこ見ると、あんたも現役なんやろ。よっぽど仕事が好きなんやな。正樹はんは、全部俺に任せて早う引退せい、て思てるんやろけどな。ははっ。まあ、あんたの台詞やないけど、わしも縁あってここへ来たんや。いや、引っ張り込まれた、ちゅうんが正しいかな。よっしゃ、こうなったら、終いまで付き合わせてもらいまひょ……て、おい章一はん。もうこっちを放り出して宴会になっとるがな。あんたも年なんやから、飲み過ぎなはんなや）

ふと視線を戻すと、目の前にウサギのぬいぐるみを抱いた小さな女の子が立って、じっとこちらを見ていた。四歳か五歳ぐらいだろうか。章一の曾孫の一人だ。他の子たちはテーブルの向こう側で、従兄弟同士で何かして遊んでいる。少なくとも今この瞬間、一七七号に関心を向けてくれているのはこの女の子一人のようだった。

（あれあれ、お嬢ちゃん。電車が好きなんか。そないに見つめてくれても、わしは頭の部分しかないから、乗せてあげられへんのや。せやけど、あんたみたいに可愛い女の子に関心持ってもろたら、嬉しいわ。ときどき、会いに来てな）

そこで一七七号は思い当たった。そうか、この春に車庫で、社長が「それもまた花道言うんかも知れん」て言うてはったんは、こういうことやったんか。

一七七号が見つめ返すと、女の子は不思議そうな表情を浮かべ、首を傾げた。章一の隣で盛り上がる宴会の様子を眺めていた奈津子が、それに気づいたらしく立ち上がり、傍に寄った。

「どないしたん、由香《ゆか》ちゃん」

「ひいばあちゃん」

由香と呼ばれた女の子は、一七七号を指差して言った。

「この電車、今、笑った」

「え？　笑った」

奈津子は一瞬、きょとんとした。が、一七七号にちらりと目をやると、すぐに微笑んで由香の頭を撫でた。

「そうか。この電車さんも、由香ちゃんやみんなと一緒におれるようになって、嬉しいんやなあ」

由香はその言葉を聞いて、奈津子の顔と一七七号を交互に見比べた。それから「うん」と大きく頷くと、一七七号に向かってにっこりと笑った。

〈了〉

本書は書き下ろし作品です。

第1回アガサ・クリスティー賞受賞作

黒猫の遊歩あるいは美学講義

森 晶麿

でたらめな地図に隠された想い、しゃべる壁に隔てられた青年、川に振りかけられた香水の意味、現れた住職と失踪した研究者、頭蓋骨を探す映画監督、楽器なしで奏でられる音楽……日常に潜む、幻想と現実が交差する瞬間。美学・芸術学を専門とする若き大学教授、通称「黒猫」と、彼の「付き人」をつとめる大学院生は、美学とエドガー・アラン・ポオの講義を通してその謎を解き明かしてゆく。

ハヤカワ文庫

黒猫の刹那
あるいは卒論指導

森　晶麿

大学の美学科に在籍する「私」は卒論と進路に悩む日々。そんなとき、ゼミで一人の男子学生と出会う。黒いスーツ姿の彼は、本を読み耽るばかりでいつも無愛想。しかし、ある事件をきっかけに彼から美学とポオに関する〝卒論指導〟を受けて以降、その猫のような論理の歩みと鋭い観察眼に気づき始め……。『黒猫の遊歩あるいは美学講義』の三年前、黒猫と付き人の出会いを描くシリーズ学生篇

ハヤカワ文庫

僕が愛したすべての君へ

乙野四方字

人々が少しだけ違う並行世界間で日常的に揺れ動いていることが実証された時代——両親の離婚を経て母親と暮らす高崎暦は、地元の進学校に入学した。勉強一色の雰囲気と元からの不器用さで友人をつくれない暦だが、突然クラスメイトの瀧川和音に声をかけられる。彼女は85番目の世界から移動してきており、そこでの暦と和音は恋人同士だというが……『君を愛したひとりの僕へ』と同時刊行

ハヤカワ文庫

君を愛したひとりの僕へ

乙野四方字

人々が少しだけ違う並行世界間で日常的に揺れ動いていることが実証された時代――両親の離婚を経て父親と暮らす日高暦は、父の勤める虚質科学研究所で佐藤栞という少女に出会う。たがいにほのかな恋心を抱くふたりだったが、親同士の再婚話がすべてを一変させた。もう結ばれないと思い込んだ暦と栞は、兄妹にならない世界へと跳ぼうとするが……
『僕が愛したすべての君へ』と同時刊行

ハヤカワ文庫

川の名前

川端裕人

菊野脩、亀丸拓哉、河邑浩童の、小学五年生三人は、自分たちが住む地域を流れる川を、夏休みの自由研究の課題に選んだ。そこにはそれまで三人が知らなかった数々の驚きが隠されていた。ここに、少年たちの川をめぐる冒険が始まった。夏休みの少年たちの行動をとおして、川という身近な自然のすばらしさ、そして人間とのかかわりの大切さを生き生きと描いた感動の傑作長篇。

解説／神林長平

カバーイラスト＝スカイエマ

ハヤカワ文庫

第6回アガサ・クリスティー賞受賞作

花を追え

仕立屋・琥珀と着物の迷宮

春坂咲月

仙台の夏の夕暮れ。篠笛教室に通う着物が苦手な女子高生・八重は着流し姿の美青年・宝《とも》紀《のり》琥珀《こはく》と出会った。そして仕立屋という職業柄か着物に詳しい琥珀と共に着物にまつわる様々な謎に挑むことに。ドロボウになる祝い着や、端切れのシュシュの呪い、そして幻の古裂「辻が花」……やがて浮かぶ琥珀の過去と、徐々に近づく二人の距離は——？　謎のイケメン仕立て屋が活躍する和ミステリ登場

エンドロール

二〇一一年〈さわベス〉第一位

鏑木　蓮

映画監督になる夢破れ、故郷を飛び出した青年・門川は、アパート管理のバイトをしていた。ある日、住人の独居老人・帯屋が亡くなっているのを見つけ、遺品の8ミリフィルムを発見する。帯屋は腕のいい映写技師だったという。門川は老人の人生をドキュメントにしようとその軌跡を辿り、孤独にみえた老人の波瀾の人生を知ることに……人生讃歌の感動作（『しらない町』改題）。解説／田口幹人

話題作

山本周五郎賞受賞
ダック・コール
稲見一良

ドロップアウトした青年が、河原の石に鳥を描く中年男性に惹かれて夢見た六つの物語。

吉川英治文学賞受賞
死の泉
皆川博子

第二次大戦末期、ナチの産院に身を置くマルガレーテが見た地獄とは？　悪と愛の黙示録

日本推理作家協会賞受賞
沈黙の教室
折原一

いじめのあった中学校の同窓会を標的に、殺人計画が進行する。錯綜する謎とサスペンス

暗闇の教室 Ⅰ百物語の夜
折原一

干上がったダム底の廃校で百物語が呼び出す怪異と殺人。『沈黙の教室』に続く入魂作！

暗闇の教室 Ⅱ悪夢、ふたたび
折原一

「百物語の夜」から二十年後、ふたたび関係者を襲う悪夢。謎と眩暈にみちた戦慄の傑作

著者略歴　1960年生，作家　著書に〈大江戸科学捜査　八丁堀のおゆう〉シリーズ，『開化鐵道探偵』など

HM=Hayakawa Mystery
SF=Science Fiction
JA=Japanese Author
NV=Novel
NF=Nonfiction
FT=Fantasy

阪堺電車《はんかいでんしや》177号《ごう》の追憶《ついおく》

〈JA1296〉

二〇一七年九月二十五日　発行
二〇一七年十月　十五日　二刷

（定価はカバーに表示してあります）

著者　山《やま》本《もと》巧《こう》次《じ》
発行者　早川浩
印刷者　入澤誠一郎
発行所　株式会社　早川書房

郵便番号　一〇一 - 〇〇四六
東京都千代田区神田多町二ノ二
電話　〇三 - 三二五二 - 三一一一（大代表）
振替　〇〇一六〇 - 三 - 四七七九九
http://www.hayakawa-online.co.jp

乱丁・落丁本は小社制作部宛お送り下さい。送料小社負担にてお取りかえいたします。

印刷・星野精版印刷株式会社　製本・株式会社フォーネット社

ISBN978-4-15-031296-1 C0193

本書は活字が大きく読みやすい〈トールサイズ〉です。